文春文庫

飾結び

新・秋山久蔵御用控（十九）

藤井邦夫

文藝春秋

目次

おもな登場人物

秋山久蔵　南町奉行所吟味方与力。〝剃刀久蔵〟と称され、悪人たちに恐れられている。心形刀流の遣い手。普段は温和な人物だが、悪党に対しては情け無用の冷酷さを秘めている。

神崎和馬　南町奉行所定町廻り同心。久蔵の部下。

香織　久蔵の後添え。亡き先妻・雪乃の腹違いの妹。

大助　久蔵の嫡男。元服前で学問所に通う。

小春　久蔵の長女。

与平　親の代からの秋山家の奉公人。女房のお福を亡くし、いまは隠居。

太市　秋山家の奉公人。おふみを嫁にもらう。

おふみ　秋山家の女中。ある事件に巻き込まれた後、秋山家に奉公するようになる。

幸吉　〝柳橋の親分〟と呼ばれた弥平次の跡を継ぎ、久蔵から手札をもらう岡っ引。

お糸　隠居した弥平次の養女で、幸吉を婿に迎えて船宿『笹舟』の女将となった。息子は平次。

弥平次　女房のおまきとともに、向島の隠居家に暮らす。

勇次　元船頭の下っ引。

雲海坊　幸吉の古くからの朋輩で、手先として働く托鉢坊主。ほかの仲間に、しゃぼん玉売りの由松、蕎麦職人見習いの清吉、風車売りの新八がいる。

長八　弥平次のかつての手先。いまは蕎麦屋『藪十』を営む。

飾結び

新・秋山久蔵御用控（十九）

第一話

飾結び

一

南町奉行所吟味方与力《ぎんみがたよりき》の秋山久蔵《あきやまきゅうぞう》は、迎えに来た太市《たいち》と共に町奉行所を出て八丁堀岡崎町《はっちょうぼりおかざきちょう》の屋敷への帰途に就いた。

夕暮れ刻《どき》の往来には、仕事仕舞いをした者たちが足早に行き交っていた。

外濠沿いから比丘尼橋《びくにばし》の手前を東に曲がり、白魚橋に進む。

久蔵と太市は、白魚橋を渡って楓川《もみじがわ》に架かっている弾正橋《だんじょうばし》に進んだ。

久蔵は、不意に立ち止まった。

「旦那さま……」

太市は、怪訝《けげん》な面持ちで久蔵を窺《うかが》った。

「太市……」

久蔵は、弾正橋の袂《たもと》に佇《たたず》んでいる女を示した。

女は質素な形《なり》をした武家の年増であり、弾正橋の向かい側の柳町にある口入屋《くちいれ》『戎屋《えびすや》』を厳しい面持ちで見詰めていた。

殺気……。

久蔵は、質素な形をした武家の年増に微《かす》かな殺気を感じた。

「口入屋の戎屋に用があるんですかね」

太市は読んだ。

「うむ……」

久蔵は眉をひそめた。

日は暮れ、口入屋『戎屋』を始めとする店々は店仕舞いをしていた。

質素な形の武家の年増は、小さな吐息を洩《も》らして弾正橋の袂を離れ、楓川沿いの材木町の通りを北に歩き出した。

「何処《どこ》の誰か、御新造《ごしんぞう》を追ってみますか……」

太市は、立ち去って行く質素な形の武家の年増を見送った。

「そうしてくれ……」

「じゃあ……」

太市は、久蔵に会釈《えしやく》をして質素な形の武家の年増を追った。

久蔵は見送り、口入屋『戎屋』近くの提灯《ちようちん》に火を灯した蕎麦《そば》屋に向かった。

弾正橋、松幡橋《まつはたばし》、越中殿橋《えつちゆうどのばし》、新場橋《しんばばし》、海賊橋《かいぞくばし》……。

武家の年増は、楓川に架かっている橋の袂を抜け、日本橋川に向かった。

太市は追った。


「ほう。戎屋。武家の渡り中間《ちゆうげん》や小者の周旋《しゆうせん》が多いのか……」

久蔵は、問い質《ただ》した。

「はい。お店《たな》や普請場《ふしんば》なんかの人足《にんそく》の口入れは勿論、多くのお旗本やお大名に出入りしているそうですよ」

蕎麦屋の亭主は、緊張した面持ちで久蔵に告げた。

「そうか。亭主、此《こ》の事は一切、他言無用だ。良いな……」

久蔵は笑い掛けた。

日本橋川に架かる江戸橋を渡ると西堀留川があり、荒布橋《あらめばし》が架かっている。

質素な形の武家の年増は、荒布橋を渡って西堀留川沿いを小舟町に進んだ。

太市は尾行《つけ》た。

質素な形の武家の年増は、小舟町二丁目、西堀留川に架かっている中ノ橋の袂にある古い長屋の木戸を潜《くぐ》り、奥の暗い家に入った。

奥の暗い家に小さな明かりが灯された。

質素な形の武家の年増は一人暮らし……。

太市は見届けた。

古い長屋は堀端《ほりばた》長屋……。

太市は、木戸に掲げられた古い看板を読み、小舟町の自身番に急いだ。


「小舟町二丁目の堀端長屋……」

自身番の店番《たなばん》は、太市を胡散臭《うさんくさ》そうに見た。

「はい。奥の家に住んでいるお武家の御新造さんですが、名前と素姓を……」

太市は尋《たず》ねた。

「お前さん、そいつを訊《き》いてどうするんだい」

店番は眉をひそめた。

「はい。主に突き止めて来いと命じられまして……」

「主……」

「はい。手前は南町奉行所吟味方与力の秋山久蔵の家の者でして……」

「えっ。秋山久蔵さまの……」

店番は狼狽《うろた》えた。

「はい……」

「ちょ、ちょいとお待ちを……」

店番は、慌てて町内名簿を捲《めく》った。

「佐奈《さな》さんです。堀端長屋の奥の家の御新造は、村岡《むらおか》佐奈さんって方です」

店番は、太市に教えた。

「村岡佐奈さん……」

太市は知った。

八丁堀岡崎町の秋山屋敷は表門を閉めていた。

太市は、表門脇の潜り戸を叩いた。

「何方《どなた》かな……」

潜り戸の向こうから大助《だいすけ》の声がした。

「太市です……」

「あっ。太市さん、お帰りなさい」

大助は急いで潜り戸を開け、太市を迎え入れた。

「御苦労さまです」

太市は、大助を労《ねぎら》った。

「いえ。父上がお待ち兼です。行って下さい」

大助は笑った。

「はい。じゃあ……」

太市は、屋敷の勝手口に急いだ。

燭台《しょくだい》の火は揺れた。

「御苦労だったな」

久蔵は、太市を労った。

「いえ。質素な形の武家の御新造は、小舟町二丁目の堀端長屋に住んでいる村岡佐奈さんと云《い》う方でした」

太市は報《しら》せた。

「村岡佐奈……」

「はい……」

「亭主は……」

「浪人の村岡信一郎《しんいちろう》さま……」

「浪人の村岡信一郎……」

「はい。ですが村岡信一郎さま、先月、お亡くなりになっていました」

太市は告げた。

「先月、死んだ……」

久蔵は眉をひそめた。

「はい……」

太市は頷《うなず》いた。

「佐奈の亭主の村岡信一郎がか……」

久蔵は念を押した。

「はい……」

「何故に……」

「詳しくは分かりませんが、村岡信一郎さまは浪人で、長年仕官の運動をしていて、先月、或る御旗本家に……」

「仕官が決まったのか……」

久蔵は読んだ。

「詳しくは分からないのですが、らしいのです。ですが……」

「死んだか……」

「はい。何でも酒に酔って町方の者と喧嘩《けんか》になり、相手を斬り殺し、腹を切ったと……」

太市は、自身番の店番たちに聞いて来た事を報せた。

「相手を斬り殺し、腹を切った……」

久蔵は、微かな緊張を浮かべた。

先月の月番は北町奉行所であり、それらしい事件は久蔵の耳に届いていなかった。

「はい……」

「うむ。村岡佐奈が見詰めていた口入屋の戎屋、大名旗本屋敷に渡り中間や小者などの周旋もしている。おそらく、村岡信一郎は戎屋の周旋で何処かの大名旗本家に仕官が出来たのかもしれぬ……」

「きっと……」

太市は頷いた。

「だが、妙な事もある……」

久蔵は、微かな戸惑いを浮かべた。

「妙な事ですか……」

「うむ。村岡信一郎の仕官が口入屋戎屋の周旋なら、感謝はすれど、殺気を漂わせて見詰める筈《はず》はない……」

久蔵は、弾正橋の袂に佇んで厳しい面持ちで口入屋『戎屋』を見詰める佐奈を思い浮かべた。

「殺気……」

太市は驚いた。

「ああ。村岡佐奈、戎屋を見詰める眼差しに殺気が窺えた……」

「そうでしたか……」

太市は、久蔵が村岡佐奈を気にした理由を知った。

「よし。太市、明日からちょいと探ってみるか……」

「はい……」

久蔵は手を叩いた。

香織《かおり》とおふみが、酒と太市の晩飯を運んで来た。

「よし。後は飲みながらだ……」

久蔵は、香織の酌で酒を飲んだ。


八丁堀は鉄砲洲《てっぽうず》波除稲荷《なみよけいなり》で亀島川と合流し、江戸湊《えどみなと》に流れ込んでいる。

南町奉行所定町廻り《じょうまちまわ》り同心の神崎和馬《かんざきかずま》は、下っ引の勇次《ゆうじ》と亀島川沿いの道を八丁堀に架かっている稲荷橋にやって来た。

稲荷橋の袂には、岡っ引の柳橋《やなぎばし》の幸吉《こうきち》が自身番の者や木戸番たちといた。

「こりゃあ和馬の旦那、御苦労さまです」

幸吉は迎えた。

「柳橋の。仏さんは……」

「こっちです」

幸吉は、稲荷橋の袂に引き上げられている死体に掛けられた筵《むしろ》を捲《まく》った。

筵の下には、羽織を着た肥《ふと》った中年男のずぶ濡れの死体があった。

「土左衛門《どざえもん》か……」

和馬は尋ねた。

「いえ。飲んでいた水は僅《わず》かでしてね……」

幸吉は、中年男の死体の着物の胸元を開き、腹を露《あら》わにした。

腹には、水に洗われた刺し傷が幾つか残されていた。

「刺し殺されたか……」

和馬は眉をひそめた。

「ええ。腹を刺されてから八丁堀に落とされたようです」

「うむ。して、仏の身許《みもと》は……」

「そいつは未《ま》だ……」

幸吉は告げた。

「そうか。で、物盗りかな……」

「いえ。そいつが、一両二朱入りの財布は無事でしてね」

幸吉は眉をひそめた。

「ならば、恨み辛《つら》みか……」

和馬は、吐息を洩らした。

「親分、和馬の旦那……」

勇次が、八丁堀沿いの道を示した。

清吉《せいきち》が駆け寄って来た。

「仏の身許、分かったようですぜ」

幸吉は、小さな笑みを浮かべた。


月番の南町奉行所は表門を八文字に開け、様々な者が出入りをしていた。

出仕した久蔵は、用部屋で小者の淹《い》れてくれた茶を啜《すす》っていた。

「お早うございます。秋山さま……」

和馬が戸口に現れた。

「おう。八丁堀は稲荷橋に土左衛門があがったようだな」

久蔵は、和馬を用部屋に招いた。

「そいつが、土左衛門ではありませんでした」

和馬は、久蔵の前に座った。

「ならば、殺しか……」

「はい。仏は腹を何カ所か刺され、八丁堀に落とされたようです」

和馬は告げた。

「ほう。して、仏の身許は分かったのか……」

「はい。京橋は柳町の口入屋戎屋の主の徳蔵《とくぞう》です」

和馬は、清吉が報せて来た仏の名と素性を告げた。

「何、口入屋戎屋の主の徳蔵だと……」

久蔵は眉をひそめた。

村岡佐奈が殺気を含んだ眼で見詰め、亭主の村岡信一郎の仕官の周旋をしたと思われる口入屋『戎屋』の主の徳蔵が殺された。

「はい。秋山さま、仏の戎屋徳蔵、御存知なのですか……」

和馬は、久蔵の反応に戸惑った。

「うむ。名前だけだがな……」

久蔵は頷いた。

「名前だけ……」

「うむ。実はな、和馬……」

久蔵は、事の次第を語り始めた。

西堀留川の流れは緩やかだった。

太市は、西堀留川に架かっている中ノ橋の袂から堀端長屋を見張っていた。

堀端長屋の奥の家に住む村岡佐奈は、組紐や飾結び作りを生業《なりわい》にして暮らしていた。組紐や飾結び作りは、浪人だった亭主の村岡信一郎が生きている時からしており、その仕官運動を支えていた。

亭主の村岡信一郎が仕官の運動をし、何処の大名旗本家に決まったのかを知る者は見付からなかった。

今の処、村岡佐奈が出掛ける気配はない。

太市は、村岡佐奈を見張りながら聞き込みを続けた。

「太市さん……」

勇次が、西堀留川沿いの堀端を駆け寄って来た。

「おう。勇次……」

太市は、怪訝な面持ちで駆け寄って来る勇次を迎えた。

「御苦労さんです」

勇次は、太市を労った。

「どうした……」

太市は眉をひそめた。

「口入屋は戎屋の旦那の徳蔵さん、殺されましてね……」

柳橋の幸吉は、和馬の報せを受けて勇次を太市の許《もと》に走らせた。

「何……」

太市は驚き、思わず村岡佐奈のいる堀端長屋を見た。


口入屋『戎屋』は大戸を閉め、徳蔵の弔《とむら》いの仕度に忙しかった。

幸吉は清吉や新八《しんぱち》と共に、口入屋『戎屋』の主徳蔵の人柄と店の様子を聞き込んだ。

商売上手の遣《や》り手……。

主の徳蔵の評判は良かった。

出入りを許されている大名旗本家や大店《おおだな》は多く、口入屋『戎屋』は繁盛していた。

「商売上手の遣り手となると、いろいろ恨みを買っているんだろうね」

幸吉は、近所の荒物屋の亭主に訊いた。

「さあ。そいつは良く分からないけど、強引な処もあったからね。恨みの一つや二つ、買ってても不思議はありませんぜ」

荒物屋の亭主は苦笑した。

幸吉と清吉は、聞き込みを続けた。

「徳蔵さん、お大名やお旗本の御屋敷にも出入りしていたそうですが、一番親しく出入りしていたのは何処の御屋敷かな……」

村岡信一郎は、口入屋『戎屋』徳蔵の周旋で何処かの大名旗本家に仕官が叶った。

幸吉はそう睨《にら》み、割り出しを急いだ。だが、徳蔵の残した大名旗本家のお雇注文帳簿や周旋帳簿には、渡り中間や小者の周旋に拘《かか》わる事は記されていたが、浪人の村岡信一郎の仕官に就いては何も書き残されていなかった。

村岡信一郎は、『戎屋』ではなくて他の口入屋の周旋で仕官が叶ったのかもしれない。

「親分……」

新八と清吉が、駆け寄って来た。

「おう。どうだった……」

「そいつなんですがね。戎屋の旦那の徳蔵さん、昨夜、お得意さまに逢うと云って暮六つ半（午後七時）頃に出掛けたそうですよ」

清吉は告げた。

「お得意さまってのは……」

幸吉は尋ねた。

「詳しくは分からないのですが、戎屋の番頭の話じゃあ、旗本家の用人じゃあないかと……」

「旗本家の用人……」

「はい。ですが、何処の旗本家かは分からないそうですよ」

「分からない……」

「はい。徳蔵の旦那、お内儀さんや番頭さんに何も云わず、裏でいろいろ動く人だったとか……」

新八は眉をひそめた。

「そうか……」

「はい。ですが、昨夜逢った旗本家の用人ってのは必ず突き止めてやりますよ」

新八は意気込んだ。

「うむ……」

幸吉は頷いた。

久蔵は、先月に起こった村岡信一郎の殺しの一件の記録を月番だった北町奉行所から取り寄せ、和馬と詳しい事を調べ始めた。

一月《ひとつき》前。

村岡信一郎は、一緒に酒を飲んでいた献残屋《けんざんや》『香梅堂《こうばいどう》』仁左衛門《にざえもん》と喧嘩になって斬り棄て、翌日に腹を切って責を取っていた。

「献残屋の香梅堂仁左衛門を何故に斬り棄てたのですかね……」

和馬は眉をひそめた。

「うむ。その辺の事情、書かれていないな」

「はい……」

「それから和馬。此の覚書《おぼえがき》は村岡信一郎が何処の大名旗本家の者かも書かれていないな」

久蔵は眉をひそめた。

「ええ。村岡信一郎、大名旗本家の家臣なのか浪人なのか、はっきりしちゃあいませんね」

和馬は首を捻《ひね》った。

「うむ。何処かの武家の家来だったのか、浪人なのか……」

覚書には、懐紙に包まれた紅白の紐の菊結びの飾結びが入っていた。

「飾結びの菊結びだな……」

久蔵は、飾結びの菊結びを眺《なが》めた。

「ええ。村岡信一郎の持ち物ですかね」

「きっとな……」

「分かりました。とにかく、北町の知り合いの同心に聞いてみます」

和馬は頷いた。

「頼む……」

久蔵は、厳しい面持ちで頷いた。

西堀留川の緩やかな流れは、日差しを受けて鈍色《にびいろ》に輝いていた。

太市と勇次は、西堀留川に架かっている中ノ橋の袂から堀端長屋を見張っていた。

「太市さん……」

勇次は、堀端長屋の木戸から出て来た質素な形の武家の年増を示した。

「うん。村岡佐奈さんだ……」

太市は頷いた。

佐奈は、風呂敷包みを抱えて西堀留川沿いの道を荒布橋に向かった。

太市と勇次は、西堀留川を挟んで尾行を開始した。

二

非番の北町奉行所は表門を閉め、人々は脇門から出入りをしていた。

和馬は、学問所で机を並べていた北町奉行所例繰方《れいくりかた》同心の大野浩太郎《おおのこうたろう》を呼び出した。

「おう。和馬……」

大野浩太郎が脇門から出て来た。

「暫《しばら》くだな、浩太郎……」

「ああ。で、何か用か……」

「うん。一月前の献残屋香梅堂仁左衛門殺しだが……」

「ああ。あの一件か……」

「仁左衛門を斬り殺した村岡信一郎の身分だが、浪人だったのか、それとも何処かの武家の家中の者だったのか……」

和馬は尋ねた。

「ああ。それなら、村岡信一郎は旗本榊原主水正《さかきばらもんどのしょう》さまの家来だと云っているが、榊原家では仕官は未だ決まった訳ではなく、見習いの扱いだった。だが、事は人殺し、早々に捕えようとしたのだが、刀を振り廻して抗《あらが》ったので、責を取らせて切腹させたとの報せが北町奉行所にあったそうだ」

浩太郎が眉をひそめた。

「じゃあ、一応は旗本榊原主水正さまの家来なのだな……」

「いや。榊原家は家中の者とは認めていなく、浪人だと云っているのだ」

浩太郎は、困惑した面持ちで告げた。

「そう云う事だったのか……」

和馬は、村岡信一郎の身分があやふやな理由を知った。

「うむ……」

浩太郎は頷いた。

「して浩太郎。村岡信一郎を家臣にしようとしたのは、旗本の榊原主水正さまなのだな」

和馬は、念を押した。

「ああ。駿河台《するがだい》は錦小路《にしきこうじ》に屋敷を構える四千石取りの寄合《よりあい》旗本の榊原主水正さまだ」

「そうか。して、話は前後するが、村岡信一郎、何故に献残屋香梅堂仁左衛門を斬ったのだ」

和馬は訊いた。

「そいつなのだが、一件を扱った定廻りによれば、村岡信一郎、不忍池《しのばずのいけ》の畔《ほとり》にある料理屋で香梅堂仁左衛門と酒を飲んでいる内に喧嘩になり、斬り棄てたの一点張りでな。何故に一緒に酒を飲み、喧嘩になったのかは、一切黙して語らなかったそうだ」

浩太郎は告げた。

「一切黙して語らずか……」

和馬は眉をひそめた。

「ああ……」

「浩太郎。覚書に紅白の菊結びの飾結びが入っていたが、村岡信一郎の物なのか……」

「ああ。あの菊結びは、着物の襟元にお守りのように縫い込んであった物だそうだ」

「お守りか……」

和馬は知った。

日本橋通りは多くの人が行き交っていた。

村岡佐奈は、室町《むろまち》二丁目の呉服屋『大角屋《おおすみや》』を訪れた。

太市と勇次は見届けた。

「何しに来たのか、ちょいと見て来ます」

勇次は太市に告げ、呉服屋『大角屋』の店先の掃除をしている小僧の許に駆け寄った。

太市は、佐奈と繋《つな》ぎを取る者がいないか辺りを見廻した。

らしい者はいない……。

太市は見定めた。

「太市さん……」

勇次が戻って来た。

「おう。分かったかい……」

「ええ。佐奈さん、注文された飾結びや組紐を届けに来たようです」

勇次は、小僧から聞いて来た事を告げた。

「そうか。勇次……」

太市は、呉服屋『大角屋』を示した。

呉服屋『大角屋』から佐奈が現れ、日本橋通りを横切り、外濠に向かった。

「太市さん……」

勇次と太市は、村岡佐奈を尾行た。

村岡佐奈は、外濠から竜閑橋《りゅうかんばし》を渡って鎌倉河岸《かまくらがし》に進んだ。

勇次と太市は尾行た。

鎌倉河岸は既に荷積み荷卸しも終り、行き交う者も少なかった。

佐奈は、鎌倉河岸を抜けて神田橋御門に進んだ。

「何処に行くのかな……」

「ええ……」

太市と勇次は尾行た。

佐奈は、神田橋御門の前を通り抜け、錦小路に曲がった。

太市と勇次は追った。

駿河台錦小路は旗本屋敷が甍《いらか》を連ね、静けさに満ちていた。

佐奈は、或る旗本屋敷の門前に佇んでいた。

太市と勇次は、土塀の陰から見守った。

佐奈は、厳しい面持ちで表門を閉じた旗本屋敷を見詰めていた。

太市は、喉を鳴らした。

「太市さん……」

「昨日と同じだ……」

太市は眉をひそめた。

「昨日と同じ……」

勇次は戸惑った。

「うん。昨日、佐奈さん、弾正橋の袂から口入屋の戎屋を見詰めていたんだが、そいつと同じようだ」

太市は告げた。

「じゃあ、まさか……」

勇次は緊張した。

「ま。昨日の今日で、相手は旗本。簡単には動かないだろう」

太市は読んだ。

「ええ。それにしても、何様のお屋敷ですかね……」

「うん……」

勇次と太市は、旗本屋敷を見詰めた。

箒《ほうき》を持った下男が、旗本屋敷の裏から表門前にやって来た。

佐奈は、慌ててその場から離れ、錦小路の北にある山城国淀藩《やましろのくによどはん》江戸上屋敷の方に急ぎ足で向かった。

「太市さん……」

勇次は、太市の指図を仰《あお》いだ。

「追ってくれ。俺は何様の屋敷か調べる」

太市は、掃除を始めた下男を示した。

「承知……」

勇次は頷き、佐奈を追った。

太市は、表門前の掃除をしている下男に駆け寄った。

「やぁ、ちょいと尋ねますが、此のお屋敷は水野伊豆守《みずのいずのかみ》さまのお屋敷ですか……」

太市は尋ねた。

「いいえ。此のお屋敷は榊原主水正さまのお屋敷にございますよ」

下男は、掃除の手を止め、戸惑った面持ちで屋敷を振り返った。

「榊原主水正さまのお屋敷……」

太市は、秘かに念を押した。

「ええ……」

「そうですか。じゃあ、此の錦小路に水野伊豆守さまのお屋敷は……」

「ないと思いますよ……」

下男は眉をひそめた。

「そうですか……」
太市は、肩を落として見せた。

神田八つ小路には多くの人が行き交っていた。
村岡佐奈は、神田八つ小路を抜けて神田川に架かっている昌平橋《しょうへいばし》を渡った。
勇次は尾行た。

不忍池は西日に煌《きら》めいた。
佐奈は、不忍池の畔を足早に進んだ。
勇次は追った。
佐奈は、不忍池の畔、茅町《かやちょう》二丁目に山門を連ねる寺の一つに入った。
勇次は見届け、佐奈の入った寺の山門に駆け寄った。
古い寺の山門には、『光泉寺』と書かれた古い扁額《へんがく》が掲げられていた。
勇次は、光泉寺《こうせんじ》の境内《けいだい》を覗《のぞ》いた。
境内に人気《ひとけ》はなく、佐奈が本堂の裏手に廻って行くのが見えた。
勇次は、境内に入って本堂に走った。

光泉寺の本堂の裏には雑木林があり、小さな家作があった。

佐奈は、本堂裏の雑木林を抜け、小さな家作の狭い庭にやって来た。

小さな家作の居間と座敷は障子《しょうじ》を閉め、ひっそりとしていた。

「恭次郎《きょうじろう》さん……」

佐奈は、障子の閉められた居間にそっと声を掛けた。

居間の障子が開き、総髪の若い侍が顔を見せた。

「やあ、義姉上《あねうえ》……」

総髪の若い侍の恭次郎は、佐奈に笑顔で挨拶《あいさつ》をした。

「御苦労さまでしたね」

佐奈は、恭次郎に労いの言葉を掛けて居間の縁側に腰掛けた。

「いいえ。今、茶を淹れます……」

恭次郎は、茶を淹れ始めた。

「お構いなく……」

「どうぞ……」

恭次郎は、淹れた茶を佐奈に差し出した。

「ありがとう。僅かですが、お酒のお代にして下さい」

佐奈は、小さな紙包みを恭次郎に差し出した。

「心配しないで下さい、義姉上。軍資金なら賭場《とば》で幾らでも稼げます」

恭次郎は笑った。

「それはそうでしょうが、私のせめてもの気持ちです。お願いです。恭次郎さん……」

佐奈は頼んだ。

「義姉上……」

「出来る事の少ない私のしてやれる弔いなのです。どうか受け取って下さい」

佐奈は、恭次郎に頭を下げて頼んだ。

「分かりました。じゃあ、義姉上。ありがたく頂きますよ」

恭次郎は、小さな紙包みを押し戴《いただ》いた。

「はい……」

佐奈は微笑《ほほえ》んだ。

勇次は、本堂の陰から佐奈と若い総髪の侍を窺った。

義姉の佐奈と義弟の恭次郎……。

若い総髪の侍は、死んだ村岡信一郎の弟の恭次郎なのだ。

勇次は知った。

そして、佐奈は飾結びや組紐を作った給金の一部を恭次郎に渡している。

勇次は見守った。

刻は僅かに過ぎ、日は西に大きく傾いた。

佐奈は、恭次郎と挨拶を交わして家作を後にした。

勇次は、本堂の縁の下に隠れた。

佐奈は、恭次郎に見送られて光泉寺から帰って行った。

おそらく、小舟町の堀端長屋に帰るのだ……。

勇次は睨んだ。

村岡恭次郎は、縁側から家作に入って障子を閉めた。

よし……。

勇次は、村岡恭次郎を見張る事にした。

家作の障子は、夕陽に赤く染まった。

「旗本の榊原主水正……」

　久蔵は眉をひそめた。

「はい。佐奈さん、室町の呉服屋に飾結びや組紐を納めてから駿河台は錦小路の榊原主水正さまのお屋敷に行き、口入屋戎屋の時と同じように……」

　太市は報せた。

「屋敷を見据えていたか……」

「はい。で、立ち去った佐奈さんは、勇次が追っています」

「そうか。旗本の榊原主水正か……」

　久蔵は頷いた。

「秋山さま……」

　和馬が用部屋に来た。

「おう。何か分かったか……」

「村岡信一郎が仕官をしようとしていた旗本家ですが、四千石取りの旗本の榊原家でした」

　和馬は告げた。

「旦那さま……」

太市は緊張した。

「うむ。やはりな……」

久蔵は、厳しい面持ちで頷いた。

口入屋『戎屋』徳蔵が旗本家の用人と逢っていたなら場所は、料理屋か船宿……。

幸吉は、新八と清吉に聞き込みの範囲を広げさせた。

新八と清吉は、手分けをして界隈《かいわい》の料理屋と船宿を当たった。

船着場には月影が揺れ、船宿『舟清《ふなせい》』には舟遊びの客が訪れていた。

「来ていた……」

新八は、顔を輝かせた。

「ええ。戎屋の徳蔵の旦那さまなら、昨夜お見えでしたよ……」

三十間堀《さんじっけんぼり》に架かる紀伊国橋《きのくにばし》の袂、木挽町《こびきちょう》一丁目にある船宿『舟清』の女将《おかみ》は、新八に告げた。

「徳蔵さん、何処かの旗本家の用人と一緒に来た筈なんですが、何処の誰かは……」

　新八は身を乗りだした。

「あら、徳蔵の旦那、御一緒にお見えになったのは、粋《いき》な形の年増でしたよ」

　女将は苦笑した。

「えっ。粋な形の年増……」

　新八は驚いた。

「ええ。三十歳前後の方でしてね。一刻（二時間）程お酒を飲んでお帰りになりましたよ」

　女将は、意味ありげな笑みを浮かべた。

「粋な形の年増ですか……」

　新八は眉をひそめた。

　口入屋『戎屋』徳蔵は、旗本家の用人と逢うと云って出掛け、実は粋な形の年増と逢っていたのを知った。

「ええ。旗本家の用人が粋な形の年増だなんて、面白いですねえ」

　女将は笑った。

「ああ。で、女将さん、徳蔵さんと粋な形の年増、どんな様子で何を話していましたか……」

「さあ。そんな事は良く分かりませんが、渡り中間や小者の周旋の話じゃあないのは確かですよ」

女将は告げた。

「そうでしょうね。で、他に何か変わった事はありませんでしたか……」

「ええ。あっ、そう云えば、徳蔵の旦那さまがお帰りになる時、若い浪人さんが紀伊国橋の袂に佇んでいたような……」

「若い浪人……」

新八は緊張した。

「ええ……」

「で、若い浪人、どうしました……」

新八は尋ねた。

「それが、直《す》ぐに見えなくなって……」

女将は眉をひそめた。

「そうですか……」

新八は、肩を落とした。

だが、口入屋『戎屋』徳蔵は、家の者に旗本家の用人と逢うと嘘を云って出掛け、木挽町の船宿で粋な形の年増と逢っていた。そして、帰る徳蔵を見張る若い浪人がいた。

新八は知り、幸吉の許に急いだ。


光泉寺の本堂の甍は、月明かりに蒼白く輝いた。

勇次は、茅町二丁目の木戸番を幸吉の許に走らせ、光泉寺の家作に住む村岡恭次郎の見張りに就いた。

家作には明かりが灯され、村岡恭次郎が動く気配は感じられなかった。

勇次は見張った。


西堀留川に月影は揺れた。

清吉は、中ノ橋の袂から小舟町の堀端長屋を見張っていた。

堀端長屋の奥の家には、小さな明かりが灯されていた。

清吉は見張った。

行燈《あんどん》の灯は、辺りを照らしていた。

佐奈は、棒台を使って紅白の菊結びを作っていた。

その傍らには、桔梗《ききよう》結び、総角《あげまき》結び、道行《みちゆき》結びなどの出来上がった様々な飾結びが置かれていた。

佐奈は、出来上がった菊結びを手に取って見詰めた。

「旦那さま……」

佐奈は、菊結びを哀し気に見詰めた。

行燈の灯は揺れた。

用部屋の障子は、朝陽に眩《まぶ》しく輝いた。

「村岡信一郎の弟の恭次郎か……」

久蔵は眉をひそめた。

「はい。勇次の調べによりますと、剣術道場の師範代や賭場の用心棒などを生業にしているようです」

幸吉は報せた。

「ほう。弟の村岡恭次郎、仕官を望んだ兄の信一郎とは、反対の人柄のようだな」

久蔵は苦笑した。

「はい。勇次が張り付いています」

「うむ……」

「それから、殺された口入屋の戎屋徳蔵さん、家の者には何処かの旗本家の用人と逢うと嘘を云い、木挽町の船宿で粋な形の年増と逢っていたそうです」

幸吉は、厳しい面持ちで報せた。

「粋な形の年増……」

久蔵は微かな戸惑いを過《よ》ぎらせた。

「はい。何処の誰かは一切分かりませんが……」

「うむ……」

「で、此奴《こいつ》もはっきりしませんが、徳蔵さんが帰る時、若い浪人が紀伊国橋の袂にいたとか……」

幸吉は、その眼を光らせた。

「若い浪人か……」

「はい。粋な形の年増と若い浪人。村岡佐奈さんと村岡恭次郎ですかね」

幸吉は睨んだ。

「うむ。して、佐奈には……」

「清吉が見張っています」

「そうか……」

久蔵は頷いた。

「はい……」

「もし、村岡佐奈と恭次郎の仕業だとしたら、何故かだな……」

久蔵は、厳しさを滲《にじ》ませた。

三

駿河台錦小路の旗本榊原屋敷は、出入りする者もいなく静かだった。

和馬は、物陰から榊原屋敷を眺めた。

旗本榊原主水正は、無役の寄合で骨董品に凝《こ》っている初老の数寄者《すきしゃ》だった。そして、気に入った骨董品を手に入れる為には、手立てを選ばないとの専《もっぱ》らの噂だった。

和馬は、榊原主水正の人柄や行いを調べた。

「如何《いかが》ですか……」

由松《よしまつ》が幸吉の指図を受け、和馬の許にやって来た。

「榊原主水正さま、どんな方か分かりましたか……」

由松は、榊原屋敷を眺めた。

「うん……」

和馬は、旗本榊原主水正の人柄と行いを教えた。

「気に入った骨董を手に入れる為には、手立てを選びませんか……」

由松は苦笑した。

「ああ。で、肝心なのは、村岡信一郎が斬り棄てた献残屋の香梅堂仁左衛門との拘わりなのだが、今の処は未だはっきりしないのだ」

和馬は、微かな困惑を過ぎらせた。

仕官が願いの村岡信一郎が、献残屋の主と酒を飲むような事は滅多にない筈だ。

それなのに酒を飲んだと云うのは、旗本の榊原家が拘わっているのかもしれない。

和馬は読んでいた。

「そうですか……」

「ま、大身旗本と献残屋だ。まったく拘わりがないとは云えぬが……」

〝献残屋〟とは、大名旗本家の献上された品の不用な物を下取りし、新たな献上品に再生して売る商売だ。

献残屋『香梅堂』仁左衛門は、旗本榊原家に出入りを許されていたのか……。

「分かりました。先ずはその辺をはっきりさせますか……」

由松は頷いた。

「うん。頼む……」

和馬は頷いた。


西堀留川は鈍色に輝いた。

清吉は、西堀留川に架かっている中ノ橋の袂から堀端長屋を見張っていた。

佐奈は、炊事洗濯をしに井戸端に出て来るぐらいで、長屋の木戸を出る事はなかった。

家で組紐や飾結びを作っているのか……。

清吉は、見張り続けた。

「動かないか……」

新八がやって来た。

「ああ……」

清吉は頷いた。

「よし。交代する、休んでくれ」

新八は告げた。


光泉寺の境内には、住職の読む経が響いていた。

勇次は、本堂の縁の下に潜んで小さな家作を見張った。

村岡恭次郎は、障子を閉めた小さな家作で過ごしていた。

勇次は、見張り続けた。

住職の読む経が、本堂から朗々と響き渡っていた。


榊原屋敷の表門脇の潜り戸が開き、中年の中間が出て来た。

「おう。兄い。渡り中間の竜吉《たつきち》だぜ」

中間長屋の武者窓から斜向《はすむ》かいの榊原屋敷を見ていた中間頭は、由松に報せた。

「渡り中間の竜吉……」

由松は、武者窓の外を行く渡り中間の竜吉を見た。

「ああ。仕事仕舞いで、酒を飲みに行くんだぜ……」

中間頭は笑った。

「そうか。じゃあ、ちょいと行ってくるぜ」

由松は、中間頭に小粒を握らせ、見張り場所に借りている旗本屋敷の中間長屋を出た。

渡り中間の竜吉は、淀藩江戸上屋敷の方に向かっていた。

由松は、榊原屋敷の向かい側の旗本屋敷から現れ、渡り中間の竜吉を追った。

渡り中間の竜吉は、神田三河町四丁目に曲がった。そして、古い一膳飯屋の暖《の》簾《れん》を潜った。

一膳飯屋で取り敢えずの一杯か……。

由松は苦笑し、渡り中間の竜吉に続いて古い一膳飯屋に入った。

一膳飯屋は薄暗く、客は渡り中間の竜吉しかいなかった。

由松は、一膳飯屋の老亭主に酒と肴《さかな》を注文して竜吉の隣に座った。

竜吉は、手酌で酒を飲みながら由松を一瞥《いちべつ》した。

「やあ……」

由松は、笑い掛けた。

「お待たせ……」

老亭主が、由松に徳利を持って来た。

「おう……」

由松は、手酌で酒を飲んだ。

「ああ。美味い。どうだい、一杯。竜吉さん」

由松は、竜吉に徳利を向けた。

「お前さん……」

竜吉は、自分の名前を知っている由松に警戒の眼を向けた。

「ちょいと訊きたい事があってね」

由松は、竜吉に酌をした。

「此奴はすまねえな……」

竜吉は、警戒しながら由松の酌を受けた。

「いや。遠慮は無用だぜ」

由松は笑った。

「で、訊きたい事ってのは、何だい……」

「献残屋の香梅堂仁左衛門、榊原屋敷に出入りをしていたのかな……」

「献残屋の香梅堂仁左衛門……」

「ああ……」

由松は、竜吉に素早く小粒を握らせた。

「出入りしていたよ」

竜吉は、小粒を握り締めて頷いた。

渡り中間は金で雇われている身であり、長年に渡って奉公してきた中間と違って忠義心などはない。

「やっぱりな……」

献残屋『香梅堂』仁左衛門は、榊原屋敷に出入りをしていた。

由松は、竜吉に酒を勧めた。

「すまないな……」

竜吉は、嬉しそうに酒を飲んだ。

「で、榊原の殿さまと仁左衛門、どんな風だったのかな」

「何だか揉《も》めていたそうだぜ」

「揉めていた。何を……」

「ああ。詳しい事は分からねえがな」

「分からないか……」

榊原主水正と献残屋『香梅堂』仁左衛門の間には、何か揉め事があった。

由松は知った。

「ああ……」

「そうか。じゃあ、竜吉さん。榊原家に仕官を願っていた村岡信一郎って侍は知っているかな……」

由松は、話を変えた。

「俺は良くは知らねえが、奉公人の間じゃあ、村岡さまは気の毒な人だって噂だぜ」

「気の毒……」

由松は戸惑った。

「ああ。殿さまや側役の岡田《おかだ》内蔵助《くらのすけ》って家来たちに騙《だま》されてな……」

「騙されて……」

由松は眉をひそめた。

「ああ。詳しい事は知らねえが、専らの噂だぜ……」

「噂ねえ……」

由松は、厳しさを滲ませた。


京橋の献残屋『香梅堂』は、主の仁左衛門が村岡信一郎に斬られて以来、老番頭の弥兵衛《やへえ》を中心に店仕舞いの片付けをしていた。

和馬は、老番頭の弥兵衛を訪れた。

「旦那さまとお旗本の榊原主水正さまの拘わりですか……」

弥兵衛は眉をひそめた。

「うむ。仁左衛門が榊原屋敷に献残屋として出入りを許されていたのは分かっているが、榊原主水正さまと何か揉め事でもなかったかな」

和馬は尋ねた。

「揉め事ですか……」

「うむ……」

「さあ。詳しくは存じませんが、なかったかと思いますが……」

弥兵衛は、和馬に自信なさそうな眼を向けた。

「なかったか……」

和馬は念を押した。

「済みません。良く分かりません……」

弥兵衛は怯《おび》え、項垂《うなだ》れた。

「そうか。ならば、仁左衛門が亡くなってから何か変わった事はなかったかな」

和馬は、粘り強く重ねて尋ねた。

「変わった事ですか……」

「ああ。何かなかったかな……」

「さあ。変わった事になるかどうか分かりませんが、旦那さまが或るお旗本さまから買い取った千利休《せんのりきゅう》が作ったと云われる茶碗がないのに気が付きましたが……」

「千利休の作った茶碗……」

和馬は眉をひそめた。

「はい。何の変哲もない茶碗なんですが、好事家《こうずか》の間では値の付けられない程の焼き物だそうでして……」

「そいつが無くなっていたのか……」

「はい。ですが、旦那さまが秘かに何方《どなた》かにお売りになったのかもしれませんし……」

老番頭の弥兵衛は、白髪眉《しらが》をひそめた。

「そうか……」

和馬は頷いた。

西堀留川は西日に煌めいた。

堀端長屋の木戸から佐奈が出て来た。

「清吉……」

「おう。漸《よう》く動くか……」

清吉と新八は、西堀留川に架かっている中ノ橋を渡って行く佐奈を尾行始めた。

佐奈は、夕暮れの瀬戸物町を日本橋の通りに向かった。

家作の庭に木洩れ日が揺れた。

勇次は、本堂の縁の下から裏の小さな家作を見張っていた。

家作の縁側に村岡恭次郎が現れ、座敷と居間の雨戸を閉め始めた。

夜に備えてか、それとも出掛けるのか……。

勇次は、厳しい面持ちで雨戸を閉めている恭次郎を見守った。


榊原屋敷の潜り戸が開き、小柄で小太りの中年の武士が出て来た。

「野郎が側役の岡田内蔵助だぜ……」

向かい側の旗本屋敷の中間頭は、中間長屋の武者窓の外を示した。

由松は、武者窓の外を覗いた。

「へえ。見るからに小狡《こずる》そうな野郎だな……」

由松は苦笑した。

肥った中年武士、側役の岡田内蔵助が淀藩江戸上屋敷に向かって行った。

「よし。じゃあ、ちょいと追ってみるか……」

由松は、中間長屋を出ようとした。

「おっ。用心棒がいるようだぜ」

中間頭が告げた。

「用心棒……」

由松は武者窓に戻り、外を覗いた。

五人の羽織袴《はおりはかま》の武士が、岡田内蔵助の後を追って行った。

「此奴は何か企んでいるようだな」

由松は読んだ。

「ああ。気を付けるんだぜ……」

中間頭は苦笑した。

「よし。じゃあな……」

由松は、旗本屋敷の中間長屋を後にした。

旗本榊原主水正側役の岡田内蔵助は、五人の配下を用心棒にして淀藩江戸上屋敷に向かっていた。

由松は尾行た。

岡田内蔵助は、淀藩江戸上屋敷前から神田八つ小路に向かった。

五人の武士は、前を行く岡田内蔵助の周辺に目を配りながら続いた。

由松は追った。

不忍池は夕陽に映えた。

畔にある古い茶店の老婆は、店先の掃除をしていた。

「おばさん、お茶、戴けますか……」

佐奈が畔をやって来た。

「はい。いらっしゃい……」

老婆は、箒を店先に置いて茶汲場に入って行った。

佐奈は、店先の縁台に腰掛け、厳しい面持ちで辺りを窺った。

夕暮れの不忍池の畔には行き交う人も途切れ、雑木林は薄暗くなっていた。

新八と清吉は、雑木林から茶店にいる佐奈を見守った。

「誰かと逢うのかな……」

清吉は読んだ。

「ああ。きっとな……」

新八は、茶店にいる佐奈を見詰め、緊張に喉を鳴らして頷いた。

茶店の老婆が、佐奈に茶を持って来た。

佐奈は、老婆に茶代を払って茶を飲み始めた。

「新八……」

清吉が、新八を呼んだ。

「何だ……」

新八は、清吉を見た。

清吉は、不忍池の畔をやって来る六人の羽織袴の武士たちを見詰めていた。

「あの侍たちがどうかしたか……」

「あいつらの後から由松さんに良く似た人が来るぜ……」

清吉は眉をひそめた。

「何、由松さん……」

新八は戸惑った。

「ああ……」

清吉と新八は、羽織袴の武士たちの後から来る町方の男を見詰めた。

「本当だ……」

新八は、羽織袴の武士たちの後から来る町方の男が由松に似ていると認め、尚も見詰めた。

「清吉、後から来る町方の人、ありゃあ由松さんだぜ」

新八は、気が付いた。

「えっ。じゃあ、前の侍たちは……」

清吉は戸惑った。

「旗本の榊原家の家来かもな」

新八は読んだ。

「うん……」

清吉と新八は、六人の羽織袴の武士と由松を見守った。

行く手の畔に茶店が見えた。

岡田内蔵助は、立ち止まった。

五人の羽織袴の武士たちは、岡田内蔵助に駆け寄った。

「村岡佐奈、何を企んでの呼び出しなのか知らぬが、身柄を押さえるのだ」

岡田内蔵助は、狡猾《こうかつ》に笑った。

「はっ。では……」

五人の羽織袴の武士は散った。

くそ……。

木蔭に潜んだ由松は、岡田内蔵助と五人の羽織袴の武士の何方《どちら》を追うか迷った。

よし……。

由松は、岡田内蔵助を追う事に決めた。

佐奈は、茶店の縁台に腰掛け、辺りを窺いながら茶を飲んだ。

小柄で小太りの羽織袴の武士が、不忍池の畔をやって来た。

側役の岡田内蔵助……。

佐奈は、羽織袴の武士が岡田内蔵助だと気が付き、緊張を滲ませて湯飲茶碗を置いた。

岡田内蔵助は立ち止まり、佐奈を見詰めて薄笑いを浮かべた。

佐奈は、縁台から立ち上がった。

「やあ。村岡佐奈どの……」

岡田内蔵助は笑い掛けた。

「岡田さま……」

佐奈は、岡田内蔵助を睨んだ。

「御用とは何かな……」

「口入屋の徳蔵に訊きました。村岡信一郎は最初から責を取って切腹させる為、榊原家は雇ったと。本当ですか……」

佐奈は、厳しく問い質した。

「さあて。その真偽の程はともかく。お家に拘わる事をこのような処で話すわけには参らぬ。一緒に来て戴こう」

岡田内蔵助は嘲笑《ちようしよう》を浮かべた。

刹那《せつな》、五人の羽織袴の武士が現れ、佐奈を取り囲んだ。

佐奈は、懐剣を握って身構えた。

「佐奈どの、酒でも飲みながら……」

岡田内蔵助は狡猾に笑い、五人の羽織袴の武士を促した。

五人の羽織袴の武士は、懐剣を抜こうとした佐奈を押さえた。

「離せ。離しなさい……」

佐奈は、厳しく咎《とが》めて抗った。

新八と清吉は、飛び出そうとした。

「待て、新八、清吉……」

由松が現れ、新八と清吉を制した。


五人の羽織袴の武士は、抗う佐奈を連れ去ろうとした。

次の瞬間、茶店の裏から村岡恭次郎が現れ、抜き打ちの一刀を放った。

羽織袴の武士の一人が、肩から血を飛ばして仰《の》け反《ぞ》った。

岡田内蔵助と羽織袴の武士は怯《ひる》んだ。

佐奈は、素早く村岡恭次郎の背後に逃れた。

村岡恭次郎は、佐奈を後ろ手に庇《かば》った。

「同じ事を考えていたとはな……」

村岡恭次郎は苦笑した。

「ええ……」

佐奈は頷いた。

「ならば、私の処に……」

恭次郎は囁《ささや》いた。

佐奈は頷き、茶店の裏に駆け込んだ。

「に、逃がすな……」

岡田内蔵助は慌てた。

羽織袴の武士が、佐奈を追い掛けた。

恭次郎は、佐奈を追い掛ける羽織袴の武士に駆け寄り、素早く斬り棄てた。


茶店の裏に佐奈が現れ、駆け去った。

物陰にいた勇次が追った。


村岡恭次郎は、残る三人の羽織袴の武士と激しく斬り結んだ。

岡田内蔵助は、激しく狼狽えた。

村岡恭次郎は闘った。

岡田内蔵助は、斬り結ぶ村岡恭次郎の背後に忍び寄り、斬り付けた。

村岡恭次郎は、背中を袈裟《けさ》懸《が》けに斬られてよろめいた。

「おのれ、岡田内蔵助……」

村岡恭次郎は振り返り、刀を振り翳《かざ》した。

残る羽織袴の武士の一人が、村岡恭次郎の脇腹を刺した。

村岡恭次郎は、眼を瞠《みは》って倒れた。

「よし、呼子笛《よびこぶえ》だ……」

由松、新八、清吉は、呼子笛を吹いた。

呼子笛の音は、夜の不忍池に甲高《かんだか》く鳴り響いた。

「退《ひ》け、退け……」

岡田内蔵助は、狼狽えて叫んだ。

羽織袴の武士は傷付いた仲間を助け、岡田内蔵助と逃げた。

「新八、清吉、奴らを追え……」

由松は命じた。

「承知……」

新八と清吉は、岡田内蔵助と羽織袴の武士たちを追った。

由松は、村岡恭次郎を見守った。

村岡恭次郎は、よろめきながら立ち上がったが、足を取られて倒れ込んだ。

由松は、木陰を出て倒れた村岡恭次郎に駆け寄った。

「おい。しっかりしな……」

由松は、村岡恭次郎の様子を見た。

村岡恭次郎は、背中に血を滲ませて意識を失っていた。

由松は、意識を失っている村岡恭次郎を背負い、町医者の許に急いだ。


夜の不忍池に鳥の鳴き声が響いた。

佐奈は、不忍池の畔を小走りに駆け抜けた。

行き先は光泉寺の家作か……。

勇次は睨み、追った。

佐奈は、光泉寺の山門に駆け込んだ。

やっぱり……。

勇次は見届けた。

四

南町奉行所用部屋の障子には、木洩れ日が揺れた。

「榊原家中の者共が村岡佐奈を連れ去ろうとしただと……」

久蔵は、厳しさを滲ませた。

「はい。ですが、義理の弟の村岡恭次郎が現れ、佐奈を助け、逃がしたそうです」

幸吉は報せた。

「して、佐奈は……」

「村岡恭次郎の暮らす寺の家作に逃げ、勇次が見張っています」

「そうか。して、村岡恭次郎は……」

「背を斬られ、脇腹を刺され、由松が医者に担ぎ込みましたが……」

幸吉は、厳しさを過ぎらせた。

「難しいのか……」

「はい。脇腹の刺傷が。で、村岡恭次郎、口入屋の徳蔵を殺《や》ったのは自分だと、由松に云っているそうです」

幸吉は眉をひそめた。

「覚悟を決めたか……」

村岡恭次郎は、己の死を覚悟して佐奈を庇っている……。

久蔵は読んだ。

「かもしれません……」

幸吉は頷いた。

「で、柳橋の。榊原家の奴らは……」

和馬は尋ねた。

「錦小路の榊原屋敷に戻ったそうです。新八と清吉が張り付いています」

「そうか……」

和馬は頷いた。

「それから秋山さま、和馬の旦那。由松によれば、榊原家は村岡信一郎を最初から切腹を役目に仕官させようとした。そう、口入屋の徳蔵が吐いたと、佐奈さんが……」

「切腹を役目に仕官……」

久蔵は眉をひそめた。

「はい……」

「秋山さま……」

和馬は緊張した。

「和馬、どうやらそいつが、榊原主水正と献残屋香梅堂仁左衛門の揉め事の始末か……」

「おそらく……」

「おのれ。卑劣な真似を……」

久蔵は吐き棄てた。

不忍池は煌めいた。

佐奈は、不忍池の畔に佇み、村岡恭次郎の帰って来るのを不安気に待った。

勇次は見守った。

「勇次……」

久蔵が、着流し姿でやって来た。

「秋山さま……」

勇次は、久蔵を迎えた。

「村岡佐奈、村岡恭次郎が帰るのを待っているのか……」

久蔵は、畔に佇む佐奈を眺めた。

「きっと……」

勇次は頷いた。

「そうか……」

久蔵は、佐奈を窺った。

佐奈は、不忍池の畔に不安気な面持ちで佇んでいた。

「よし。此処《ここ》で待っていろ」

「はい……」

久蔵は、勇次を残して佐奈に近付いた。

佐奈は、近付いて来る久蔵に気が付き、畔から立ち去ろうとした。

「村岡佐奈だね……」

久蔵は、呼び掛けた。

佐奈は立ち止まり、久蔵を見詰めた。

「私は南町奉行所吟味方与力の秋山久蔵……」

久蔵は、静かに名乗った。

「南町奉行所の秋山久蔵さま……」

佐奈は、緊張と怯えを交錯させた。

「うむ……」

「秋山さまが何か……」

佐奈は、必死に久蔵に立ち向かおうとした。

「村岡恭次郎は、昨夜深手を負い、今、医者の処にいる」

「恭次郎さんが深手を……」

佐奈は狼狽えた。

「うむ。そして、途切れ途切れに、口入屋の戎屋徳蔵を殺したのは自分だと云っている」

「恭次郎さんが……」

「うむ……」

佐奈は、微かな戸惑いを過ぎらせた。

「そうですか……」

佐奈は、不忍池に眼を向けた。

不忍池は煌めき、小鳥が長閑《のどか》に飛び交っていた。

「秋山さま……」

佐奈は、滲む涙を隠して久蔵を見詰めた。

「何だ……」

「私の夫の村岡信一郎は仕官を願い、いろいろ運動をしていました。そして、口入屋戎屋徳蔵がお大名やお旗本に出入りをしていると知り、口利きを頼みました……」

佐奈は、覚悟を決めた。

「うむ……」

「徳蔵に頼んで十日後、夫は旗本榊原主水正さまのお屋敷に来るように云われ、暫く見習いとして働くように告げられたのです。夫は漸く願いが叶うと喜び、懸命に働きました」

「その時、此の菊の飾結びを渡したのか……」

久蔵は、菊の飾結びを佐奈に差し出した。

「はい。お守り代わりに……」

佐奈は、菊の飾結びを握り締めた。

「そして、献残屋香梅堂仁左衛門に逢ったのだな……」

「はい。お側役岡田内蔵助に命じられ、お殿さまの榊原主水正さまが献残屋香梅堂仁左衛門さまから借りている茶の湯の茶碗の事で……」

「千利休の作った茶碗、仁左衛門は榊原主水正に貸していたのか……」

「は、はい……」

佐奈は、久蔵が千利休の茶碗の事を知っていたのに戸惑った。

「そして、仁左衛門は利休の茶碗を返してくれと榊原主水正に頼んでいたか……」

「はい。ですが、榊原さまは返さず、岡田内蔵助は夫村岡信一郎に今暫く待つように納得させろと命じたのです」

「そして、仁左衛門が納得しない時は、酒に酔って喧嘩になり、無礼討ちにしろと秘かに命じたか……」

久蔵は読んだ。

「はい。夫にとっては漸く摑《つか》んだ仕官の機会。仕官がしたい一念で必死でした……」

佐奈は、哀し気に項垂れた。

「で、納得しない仁左衛門を斬り棄てた……」

久蔵は睨んだ。

「はい。ですが……」

佐奈は、哀し気な顔に憎しみを露わにした。

「榊原主水正は岡田内蔵助たちに命じて村岡信一郎を捕え、切腹させたか……」

「左様にございます。ですが、それは……」

佐奈は、声を震わせた。

「榊原主水正と岡田内蔵助が企み、口入屋徳蔵に命じ、最初から仕組んだ事だった」

久蔵は、湧き上がる怒りを抑えた。

「左様にございます。仰《おつしや》る通りにございます」

佐奈は頷いた。

「それで、口入屋徳蔵を殺し、岡田内蔵助を捕えて何もかも白状させるつもりだったか……」

久蔵は、佐奈の動きを読んだ。

「はい。夫村岡信一郎は、最初からすべての責を取って切腹する役目の者として徳蔵に周旋されたのです。私はそれを知り……」

佐奈は、不忍池の畔にしゃがみ込み、菊の飾結びを握り締めて嗚咽《おえつ》を洩らした。

「良く分かった。勇次……」

「はい……」

「佐奈さんを村岡恭次郎のいる医者の処に……」

「承知しました」

勇次は頷いた。

「秋山さま……」

「後の始末は任せて貰おう……」

久蔵は、不敵な笑みを浮かべて云い放った。

不忍池に風が吹き抜け、幾つもの小波《さざなみ》が煌めきながら走った。

駿河台錦小路の榊原屋敷は、静寂に覆われていた。

久蔵は、和馬と幸吉を従えてやって来た。

見張っていた新八と清吉が迎えた。

「榊原屋敷に変わった事はないか……」

幸吉は尋ねた。

「はい。岡田内蔵助、昨夜、帰ったまま出掛けていません」

新八は告げた。

「よし。ならば和馬、柳橋の……」

久蔵は、榊原屋敷に向かった。


庭には鹿威《ししおど》しの音が甲高く響いていた。

久蔵は、書院に通された。

書院の周囲には、家来たちの潜む気配がしていた。

久蔵は苦笑した。

小柄で小太りの家来が現れた。

「側役の岡田内蔵助にございます」

家来は名乗った。

「ほう。おぬしが岡田内蔵助どのか……」

久蔵は、蔑《さげす》みの眼を向けた。

「は、はい。主の榊原主水正さま、お見えにございます」

岡田は脇に控えた。

「待たせたな……」

初老の痩せた武士が現れ、上座に就いた。

「榊原主水正だ……」

初老の痩せた武士は名乗った。

「南町奉行所吟味方与力の秋山久蔵にございます」

久蔵は挨拶をした。

「うむ。して秋山、町奉行所与力のその方が儂《わし》に何用だ」

榊原主水正は、久蔵に冷たく傲岸《ごうがん》な眼を向けた。

「それなのですが、昨夜、不忍池の畔で浪人が斬られ、村岡佐奈と申す女が勾引《かどわか》されそうになりましてな」

久蔵は告げた。

岡田は眉を顰《ひそ》めた。

「それがどうした……」

榊原は、嘲笑を浮かべた。

「勾引そうとした侍共を駆け付けた私の手の者が追い、此の榊原屋敷に逃げ込んだのを見届けました」

「秋山とやら、その方、町方与力の分際で支配違いの旗本四千石の榊原家家中の者が勾引しを働こうとしたと申すか……」

榊原は、嘲《あざけ》りを浮かべた。

「いいえ。勾引した挙句に殺し、口を封じようとしたと睨んでおります」

久蔵は、榊原に笑い掛けた。

「何だと……」

榊原は、怒りを滲ませた。

「して、事の次第を検《あらた》め追った処、献残屋香梅堂仁左衛門殺しに行き着きました……」

「仁左衛門殺し……」

榊原は眉をひそめた。

「あ、あれは仕官見習いの村岡信一郎なる者が酒に酔い、喧嘩になって斬った故。我らが取り押さえて責を取らせた……」

岡田は、微かに声を震わせた。

「最初からの企て通りにな……」

久蔵は苦笑した。

「な、何……」

岡田は怯えた。

「村岡信一郎は最初から仁左衛門を殺して腹を切る役目の者として、仕官をさせる真似をした……」

久蔵は、榊原を厳しく見据えた。

「だ、黙れ、秋山。その証拠、何処にあると云うのだ」

榊原は怒声を上げた。

「証拠は、口入屋戎屋徳蔵の書き残した岡田内蔵助どのの周旋依頼と談合の覚書……」

久蔵は、冷ややかな笑みを浮かべて脅《おど》した。

「と、徳蔵の……」

岡田は愕然とした。

「左様。そして、浮かんで来たのは、口入屋戎屋徳蔵殺しの裏に潜む献残屋香梅堂仁左衛門殺しの卑劣な真相……」

久蔵は、榊原を鋭く見据えた。

「卑劣な真相だと……」

「千利休の茶碗を借りたまま返さず、なし崩しに己の物にしようとする盗賊顔負けの汚い企て……」

久蔵は蔑んだ。

「秋山久蔵……」

榊原は、脇差を握り締めて怒鳴った。

書院の周囲に殺気が湧いた。

「面白い。旗本四千石、二百石と刺し違えますかな……」

久蔵は、榊原に不敵に笑い掛けた。

「お、おのれ……」

榊原は、久蔵の覚悟に戸惑い、顔色を変えて狼狽えた。

白昼、屋敷で町奉行所与力の久蔵と斬り合いになったと公儀に知れれば、榊原家の断絶は間違いない。

湧き上がった殺気は、久蔵の覚悟と凄まじさに乱れた。

「私を斬れば、一件は評定所に届けられ、噂は江戸の町に広がる手筈《てはず》……」

久蔵は苦笑した。

榊原と岡田は、言葉を失って呆然《ぼうぜん》としていた。

「旗本榊原家断絶を嫌い、存続を願うのなら早々に身綺麗にするのですな。では……」

久蔵は、刀を手にして立ち上がり、周囲を鋭く見廻した。

乱れた殺気は消え始めた。

「御免……」

久蔵は、榊原主水正と岡田内蔵助のいる書院を後にし、殺気と戸惑いの入り混じる廊下を式台に進んだ。

久蔵は、口入屋『戎屋』徳蔵殺しと、背後に潜んでいる献残屋『香梅堂』仁左衛門殺しの真相を評定所に届けた。

榊原主水正は、側役の岡田内蔵助に切腹させて一件を終わらせようとした。

「相変わらず、汚い真似を……」

久蔵は呆れた。

榊原主水正は、公儀重職に金を贈り、咎めから逃れようとした。だが、評定所は榊原主水正に切腹を命じ、家禄の四千石を二千石に半減した。

浪人の村岡恭次郎は、義姉の佐奈に看取られて息を引き取った。

口入屋戎屋徳蔵は、自分が殺したと云い続けて……。

「そうか……」

「はい。如何致しましょう……」

和馬は眉をひそめた。

徳蔵殺しは、佐奈も自供しているのだ。

和馬は、久蔵の指図を待った。

「ならば、村岡恭次郎の願い、叶えてやるのだな……」

久蔵は命じた。

口入屋『戎屋』徳蔵は、村岡信一郎を騙して死に追いやり、弟の恭次郎に討ち果たされた。

久蔵は裁いた。

西堀留川は鈍色に輝いた。

村岡佐奈は、堀端長屋の家で組紐や飾結び作りに励んでいた。そして、出来上がった品を日本橋室町の呉服屋『大角屋』に納めに行った。

久蔵は、塗笠《ぬりがさ》を上げて西堀留川に架かる中ノ橋を渡って行く佐奈を見送った。

佐奈の哀しい一念は、卑劣な旗本榊原主水正を切腹に追い込み、夫村岡信一郎の無念を晴らした。だが、義弟の村岡恭次郎は、佐奈を護って死んでいった。

佐奈は、虚しさを覚えながら菊の飾結びを作り続ける。

久蔵は、佐奈を哀れんだ。

村岡佐奈が立ち直るには、それなりの刻《とき》が掛かる……。

久蔵は、佐奈が早く立ち直るのを願わずにはいられなかった。

第二話

雲海坊

一

南無大師遍照金剛……。

経は、昼の町家の連なりに響いた。

饅頭笠《まんじゅうがさ》を被った托鉢坊主《たくはつぼうず》は、経を読みながら連なる家々を訪れて来ていた。

訪れた家の人々は、経を読む托鉢坊主の頭陀袋《ずだぶくろ》に銭や米のお布施《ふせ》を入れた。

托鉢坊主は、経を読みながら深々と頭を下げ、隣の家の格子戸の前に立った。

格子戸の家は静けさに満ちていた。

托鉢坊主は、格子戸の前に立って経を読み続けた。

やがて、家の者が托鉢に気が付き、銭か米などのお布施を持って出て来る。

托鉢坊主は経を読んだ。

だが、お布施を持った家の者は出て来なかった。

托鉢坊主は、格子戸が開くかどうか検めた。

格子戸は、内側から心張棒が掛けられているらしく開かなかった。

托鉢坊主は、経を読む声を次第に張り、朗々と響かせた。

格子戸内に人影が揺れた。

托鉢坊主は、経を読みながら錫杖《しやくじよう》を握り直した。

格子戸が開き、髭面《ひげづら》の浪人が苛立《いらだ》ちに満ちた顔を見せ、怒鳴ろうとした。

刹那、托鉢坊主は錫杖を鋭く突き出した。

錫杖は、髭面の浪人の鳩尾《みぞおち》を突いた。

髭面の浪人は、怒鳴る暇もなく息を飲んで眼を瞠り、前のめりに倒れた。

托鉢坊主は、倒れた髭面の浪人を引き摺《ず》り出した。

同時に南町奉行所定町廻り同心の神崎和馬が現れ、十手を握り締めて格子戸の家の中に猛然と踏み込んだ。

岡っ引の柳橋の幸吉、新八、清吉が続いた。

托鉢坊主は、饅頭笠を飛ばして倒れた髭面の浪人を錫杖で殴り付けた。

飛んだ饅頭笠の下から現れた顔は、雲海坊《うんかいぼう》だった。

和馬、幸吉、新八、清吉は、居間に猛然と雪崩《なだ》れ込んだ。

居間には、粋な形の年増に刀を突き付けた二人の浪人がいた。

「寄るな。寄ると、此の女をぶち殺すぞ」

「金貸し萬吉《まんきち》はどうした。萬吉は金を持って来ないのか……」

二人の浪人は、粋な形の年増に刀を突き付けて喚《わめ》いた。

次の瞬間、裏から入って来た由松と勇次が浪人たちを蹴飛ばし、粋な形の年増を助けた。

和馬、幸吉、新八、清吉は、二人の浪人に飛び掛かり、十手や鼻捻《はなねじ》、萬力鎖《まんりきぐさり》で容赦なく滅多打ちにした。

二人の浪人は、頭を抱えて悲鳴を上げた。

「そうか。金貸し萬吉から金を脅し取ろうと、妾《めかけ》を人質にした食詰浪人共をお縄にしたか……」

久蔵は頷いた。

「はい。柳橋の皆と……」

和馬は、控えている幸吉を示した。

「そいつは御苦労だったな。柳橋の……」

久蔵は、幸吉を労った。

「いいえ。食詰浪人共、雲海坊のしつこい下手な経に苛立ったのが運の尽きです」

幸吉は告げた。

「雲海坊の経、何年経っても変わらぬか……」

久蔵は苦笑した。

雲海坊は、饅頭笠の下でくしゃみを連発し、日本橋の通りを室町に進んだ。

室町三丁目、浮世《うきよ》小路の角に呉服屋『丸越屋《まるこしや》』があり、客で賑《にぎ》わっていた。

雲海坊は、饅頭笠をあげて呉服屋『丸越屋』を見ながら進んだ。

「雲海坊の小父さん……」

呉服屋『丸越屋』の裏手に続く路地から小僧の良吉《りようきち》が駆け出して来た。

「おお、良吉。変わりはないか……」

雲海坊は立ち止まり、十二、三歳の前掛けをした小僧の良吉を迎えた。

「うん。此れ、番頭さんに貰った饅頭だ。おっ母ちゃんにあげて……」

良吉は、声を潜めて告げた。

「おっ母ちゃんにか……」

「うん。父ちゃんに見付からないように……」

「よし。任せて置け……」

雲海坊は頷いた。

「じゃあ、お願いします……」

良吉は、忙しく裏手に駆け込んで行った。

「身体に気を付けてな……」

雲海坊は、良吉を見送り、反故紙に包んだ饅頭を懐に入れた。

「あっ、雲海坊さん……」

羽織に前掛けの初老の番頭利兵衛《りへえ》が客を見送り、雲海坊に気が付いた。

「これは番頭さん。良吉がお世話になっています」

雲海坊は、饅頭笠を取って番頭の利兵衛に挨拶をした。

「いやいや。良吉、文字や算盤《そろばん》の覚えも良く。中々賢く、気の付く子ですよ」

番頭の利兵衛は、小僧の良吉を誉めた。

「そりゃあ良かった……」

雲海坊は、安堵《あんど》の笑みを浮かべた。


夕暮れ前。

雲海坊は、鳥越川《とりごえがわ》に架かっている甚内橋《じんないばし》を渡り、浅草鳥越明神裏の古長屋に向かった。

雲海坊が古長屋の木戸を潜った時、奥の家から無精髭を伸ばした中年男が、左脚を引き摺りながら出て来た。

「やあ。良平《りょうへい》さん……」

雲海坊は声を掛けた。

良平は、雲海坊を冷ややかに一瞥し、左脚を引き摺りながら木戸を出て行った。

酒の臭いが残った。

雲海坊は吐息を洩らし、饅頭笠を取りながら奥の家に向かった。

「おたみさん、雲海坊だ……」

雲海坊は、奥の家の腰高障子《こしだか》を叩いて告げた。

「は、はい。どうぞ……」

中年女の疲れた声が家の中からした。

「じゃあ、開けるよ」

雲海坊は、腰高障子を開けた。

狭い家の中には薬湯と酒の匂いが入り混じり、中年の女が粗末な蒲団《ふとん》の傍で内職をしていた。

「おっ、寝ていなくていいのかい、おたみさん……」

雲海坊は眉をひそめた。

「え、ええ……」

中年女のおたみは、吐息混じりに項垂れた。

「おたみさん、良吉に逢ったよ」

雲海坊は、話を変えた。

「良吉、達者にしていましたか……」

おたみは、雲海坊に心配そうな眼を向けた。

「ああ。忙しく働いていてね。文字や算盤の覚えも良く、番頭の利兵衛さんが賢い子だと誉めていたよ」

雲海坊は告げた。

「そうですか。良かった……」

おたみは、小さな笑みを浮かべて安堵した。

「で、良吉から番頭さんに貰った饅頭をおっ母ちゃんに渡してくれと頼まれてね。預かって来た……」

雲海坊は、懐から反故紙に包んだ饅頭を出し、おたみに差し出した。

「良吉が……」

おたみは、饅頭を受け取った。

「ああ。良い子だな、良吉は……」

雲海坊は、良吉を誉めた。

「あ、ありがとうございます」

おたみは、饅頭を手にして涙を零《こぼ》した。

「おたみさん、無理は禁物だよ……」

雲海坊は心配した。

行燈の灯は、雲海坊の狭い家を照らしていた。

心の臓の病でも内職をする女房と住込み奉公の幼い倅《せがれ》がいるのにも拘わらず、酒と博奕《ばくち》に現《うつつ》を抜かしている良平……。

雲海坊は、秘かに腹を立てていた。

良平は、普請場の屋根から落ちて左脚が不自由になり、大工を諦めた男だった。

「雲海坊の兄貴……」

腰高障子が叩かれ、由松の声がした。

「おう。開いているよ」

「御免なすって……」

由松が入って来た。

「分かったかい……」

「ええ。奥の家に住んでいる元大工の良平ですが、新寺町《しんてらまち》は、長徳寺《ちょうとくじ》の賭場に出入りしているようですぜ」

由松は報せた。

「新寺町の長徳寺か……」

雲海坊は知った。

元鳥越町から新寺町は近い……。

「ええ。噂じゃあ下手の横好き。さっさと足を洗わねえと、大怪我をするかも……」

由松は告げた。

「そうか……」

雲海坊は、十徳《じっとく》を着て頭巾《ずきん》を被った。

「行くのなら、案内しますぜ」

由松は苦笑した。

雲海坊は、行燈を消して腰高障子を閉めた。

長屋の連なる家々は、既に明かりを消して眠りに就いており、奥の家にだけ小さな明かりが灯されていた。

「良平の家ですか……」

由松は、小さな明かりの灯された奥の家を眺めた。

「ああ。病のおかみさんが内職をしているようだ……」

雲海坊は眉をひそめた。

新寺町は、下谷《したや》の東叡山寛永寺《とうえいざんかんえいじ》と浅草《あさくさ》の金龍山浅草寺《きんりゅうざんせんそうじ》の間にあり、多くの寺が集まり連なっていた。

長徳寺はその中の寺の一軒であり、家作を博奕打ちの貸元に貸していた。

雲海坊と由松は、長徳寺の裏門を潜って家作の賭場に入った。


長徳寺の賭場は、客たちの熱気と煙草《たばこ》の煙に満ちていた。

雲海坊は、盆茣蓙《ぼんござ》を囲む客の中に良平がいるのを見定めた。

良平は、額に汗を浮かべ眼を血走らせて駒札を張っていた。

「野郎ですか、元大工の良平ってのは……」

由松は、雲海坊の視線の先の良平に気が付いた。

「ああ……」

雲海坊は、次の間に用意されている酒を啜った。

「あの様子じゃあ、負けが込んでいますね」

由松は睨み、酒を飲んだ。

「きっとな……」

　雲海坊は苦笑した。

　盆茣蓙が沸いた。

　良平は、腹立たし気に盆茣蓙から立ち上がった。

「由松……」

　雲海坊は、それとなく酒の傍から立った。

　由松は頷き、酒を飲んだ。

　良平は、由松の隣に座って酒を飲み始めた。

「兄い。今夜は付いていねえかい……」

　由松は、良平に笑い掛けた。

「ああ……」

　良平は、酒に濡れた口元を拭《ぬぐ》った。

「だったら、さっさと博奕から足を洗った方が良いかもしれねえな」

　由松は勧めた。

「何処の誰か知らねえが、心配は無用だぜ」

　良平は苦笑した。

「ほう。金蔓《かねづる》でもあるのかい……」

由松は眉をひそめた。

「金蔓じゃあねえが、金の入る当てはあるんだぜ」

良平は、小狡《こずる》く笑った。

「そいつは羨《うらや》ましいな。何なら俺もその話に一口乗せちゃあくれねえか……」

由松は、笑い掛けた。

「兄い。俺はそれ程、人は良くねえ……」

良平は嘲笑し、酒を飲み干して盆茣蓙に戻って行った。

由松は見送った。

雲海坊が現れた。

「聞きましたかい……」

「ああ。何か企んでいるようだな」

雲海坊は眉をひそめた。

「ええ。ちょいと張り付いてみますか……」

「ああ。済まないが、そうしてくれるか……」

雲海坊は、胴元から駒札を借りている良平を窺った。

「承知……」

由松は頷いた。

柳橋の船宿『笹舟《ささぶね》』は、川風に暖簾を揺らしていた。

「元大工の良平か……」

幸吉は、訊き返した。

「ああ。未だ事件に拘るかどうか分からないが、どうにも気になってね」

雲海坊は首を捻った。

「気になるか……」

「ああ……」

「雲海坊、気になるのは、丸越屋に住込み奉公させた倅の良吉と母親のおたみだろう……」

幸吉は苦笑した。

「ああ。正直に云って足を痛めて大工が出来ねえと拗《す》ねて酒と博奕に現を抜かし、心の臓の悪い女房や年端の行かねえ倅を殴ったり蹴ったりし、働かせている良平なんか、どうなった処で構いやしねえ」

雲海坊は吐き棄てた。

「うむ。で、由松に見張らせているか……」

「ああ。勝手な真似をして済まねえ」

雲海坊は詫《わ》びた。

「いや。長い間、弥平次《やへいじ》の親分の許で修羅場を助け合って乗り切って来た朋輩だ。遠慮は無用だぜ……」

幸吉は笑った。

「忝《かたじけ》ねえ、幸吉っつあん……」

雲海坊は、幸吉に頭を下げた。

「それにしても、良吉、十二、三歳かい……」

「ああ。そいつがどうかしたか……」

「浪人の父親を亡くしたお糸《いと》がお前に連れられて笹舟に来たのも、良吉と同じ十二、三歳ぐらいだったな……」

「そう云えば、そうだったかな……」

雲海坊は苦笑した。

「ま、何かあったら直ぐに報せをな……」

船宿『笹舟』のある柳橋から浅草御門に出て、蔵前の通りを浅草に向かう。そして、浅草御蔵の手前、天王町の辻を西に曲がって真っ直ぐに進むと鳥越川に架かる甚内橋の通りに出る。

雲海坊は、甚内橋を渡って鳥越明神裏の元鳥越町の古長屋に向かった。

「馬鹿野郎、有り金全部、さっさと出せってんだ……」

雲海坊が古長屋の木戸を潜った時、良平の怒声が響いた。

おかみさんたちが井戸端に集まり、恐ろしそうに奥の家を見詰めて囁き合っていた。

「どうかしたのかい……」

雲海坊は声を掛けた。

「あっ。雲海坊さん、良平の奴、又おたみさんを殴ったり蹴ったりしてんだよ」

おかみさんの一人が、雲海坊に訴えた。

「早く止めてやっておくれよ」

おかみさんたちは、口々に頼んだ。

「う、うん……」

雲海坊は戸惑った。

奥の家の腰高障子が開いた。

雲海坊とおかみさんたちは、奥の家を見た。

良平が左脚を引き摺って奥の家から現れ、雲海坊とおかみさんたちを睨んだ。

おかみさんたちは怯んだ。

「退け、偽坊主……」

良平は、雲海坊を突き飛ばした。

雲海坊は、よろめき尻餅をついた。

良平は、左脚を引き摺って木戸から出て行った。

木戸の陰にいた由松が追った。

雲海坊は見届け、奥の家に駆け込んだ。

おかみさんたちが続いた。

おたみは、粗末な蒲団の上に倒れていた。

「おたみさん……」

雲海坊は、おたみを抱き起した。

おたみは、顔に殴られた痕《あと》を残して気を失っていた。

「医者だ。医者を呼んでくれ」

雲海坊は、おかみさんたちに叫び、おたみを蒲団に寝かせた。反故紙に包まれた饅頭が、おたみの懐から転がり落ちた。

「おたみさん……」

雲海坊は、反故紙に包まれた饅頭をおたみに握らせた。


野郎……。

由松は、前を行く良平の後ろ姿を見据えて尾行た。

良平は、三味線堀《しゃみせんぼり》の傍を抜けて、御徒町《おかちまち》に向かっていた。

由松は追った。


下谷広小路は、東叡山寛永寺や不忍池弁財天の参拝客や見物客で賑わっていた。

良平は、不忍池の畔、仁王門前町《におうもんぜんちょう》にある茶店の縁台に腰掛け、茶を注文した。

由松は、物陰から見守った。

由松は、行き交う人々を窺っていた。

誰かと逢うのか……。

由松は読んだ。

大勢の人が行き交った。

良平は、縁台に腰掛けて茶を飲んでいた。

刻は過ぎた。

縞《しま》の半纏《はんてん》を着た男が現れ、茶店の者に茶を頼んで良平の隣に腰掛けた。

良平は、縁台から立ち上がり、腰を屈《かが》めて挨拶をした。

彼奴《あいつ》か……。

由松は見守った。

良平と縞の半纏を着た男は、何事か言葉を交わした。

縞の半纏を着た男は、形や仕草から見て堅気《かたぎ》ではない。

何者だ……。

由松は、縞の半纏を着た男の素性と良平との拘りが気になった。

やがて、縞の半纏を着た男は、良平から折り畳んだ紙を受取り、一両小判を素早く渡して縁台から立ち上がった。

折り畳んだ紙を一両で売った……。

由松は睨んだ。

良平は、一両小判を握り締めて縞の半纏を着た男に頭を下げていた。

縞の半纏を着た男は、苦笑を浮かべて立ち去って行った。

良平は見送り、薄笑いを浮かべた。

由松は見守った。

二

町医者は、おたみの診察を終えて吐息混じりに首を捻った。

「先生……」

雲海坊は、心配そうに町医者を窺った。

「うむ。酷《ひど》いな……」

「酷い……」

「うむ。滋養のある物を食べ、静かに養生しなければな……」

町医者は、おたみの住む狭い家を見廻して眉をひそめた。

「此処じゃあ、無理なようですね」

「ああ。ではな……」

町医者は、薬籠《やくろう》を提げて帰って行った。

おたみは、眠り続けていた。

「よし。おたみさんを頼んだぜ……」

雲海坊は、おかみさんたちにおたみを頼み、長屋から駆け出して行った。


僅かな刻が過ぎた。

雲海坊は、大八車を借りて帰って来た。

「さあ。おたみさんを蒲団ごと大八に乗せてくれ……」

雲海坊は、おかみさんたちに頼んだ。

「どうするんだい、雲海坊さん……」

おかみさんが尋ねた。

「滋養のある物を食べ、静かに養生するには小石川の養生所が一番だ」

雲海坊は、大八車に蒲団を敷き、おたみを寝かせて搔巻《かいまき》や蒲団を掛けた。

「雲海坊さん……」

おたみは眼を覚ました。

「おたみさん、此れから小石川の養生所に行くよ。暫くの我慢だ」

「養生所……」

おたみは戸惑った。

「ああ……」

「でも、養生所は混んでいて……」

「心配するな。養生所肝煎《きもいり》の小川良哲《おがわりようてつ》先生に何とか頼み込む。それに、おたみさんが養生所に入れば、良吉が一番安心する」

雲海坊は告げた。

「良吉が……」

「ああ。喜び、安心する……」

「分かりました。宜《よろ》しくお願いします」

おたみは頷いた。

「よし。行くよ……」

雲海坊は襷掛《たすきが》けをし、おたみを乗せた大八車を引いて小石川の養生所に急いだ。

神田川に架かっている昌平橋は、多くの人が行き交っていた。
良平は、左脚を引き摺って昌平橋を渡り、神田八つ小路を進んだ。
由松は追った。
良平は、神田八つ小路から神田連雀町《れんじやくちよう》にある大店の前に佇んだ。
何の店だ……。
由松は、良平が店先に佇んでいる大店が何屋か探った。
大店は、落ち着いた風情の茶道具屋『風華堂《ふうかどう》』だった。
良平は、茶道具屋『風華堂』を眺めた。
茶道具屋の風華堂がどうしたのだ……。
由松は、茶道具屋『風華堂』を眺めている良平を見守った。
何か拘わりがあるのか……。
良平は、茶道具屋『風華堂』の店先に唾を吐き、嘲りを浮かべて来た道を戻り始めた。
風華堂に恨みでもあるのか……。
由松は、良平を尾行た。

小石川養生所の肝煎で本道医の小川良哲は、雲海坊から事情を聞き、おたみの診察をして入院の許可をしてくれた。

おたみは、養生所に入院して良哲の治療と看護人の世話を受ける事になった。

雲海坊は、入院に必要な品物を整え、良哲に礼を述べた。

「いえ。雲海坊さんが連れて来なかったら危ない処でしたよ」

良哲は笑った。

「そうですか。良かった……」

雲海坊は安堵した。

良哲は、久蔵や和馬の扱った事件絡みで雲海坊と顔見知りだった。

「うん。じゃあ、後は任せて貰いますよ」

良哲は告げた。

「はい。宜しくお願いします」

雲海坊は、おたみに事の次第を告げて養生所を出た。

良吉におたみが養生所に入院した事を報せ、安心させてやりたい……。

雲海坊は、空になった大八車を引いて来た道を戻り始めた。

神田明神門前町の盛り場には、日のある内から酒を飲ませる飲み屋があった。

良平は、飲み屋に入って酒を飲み始めた。

暫くは飲み屋から動かない……。

由松は、酒を飲み始めた良平の動きを読んだ。

よし、今の内だ……。

由松は、柳橋の船宿『笹舟』に走った。

神田明神から柳橋迄は遠くはない。

由松が船宿『笹舟』に駆け込んだ時、親分の幸吉は運良く居合わせた。

「おう。由松、雲海坊の一件、どうだ……」

幸吉は尋ねた。

「そいつなんですが、亭主の良平を尾行廻しているんですが、妙な事がありましてね」

由松は眉をひそめた。

「妙な事……」

「はい……」

由松は、良平が縞の半纏の男に折り畳んだ紙を渡して金を貰い、茶道具屋『風華堂』の店先に唾を吐いた事などを報せた。

「折り畳んだ紙に茶道具屋の風華堂か……」

幸吉は眉をひそめた。

「はい……」

「よし。その辺の処は俺の方で調べてみよう。由松は良平をな……」

「はい……」

幸吉は命じた。

由松は頷いた。

日本橋室町の呉服屋『丸越屋』の番頭や手代たちは、忙しく客の相手をしていた。

雲海坊は、呉服屋『丸越屋』の裏口に廻り、下男たちと塵《ごみ》の片付けをしていた良吉を呼んで貰った。そして、母親のおたみが小石川の養生所に入院した事を報せた。

「おっ母ちゃんが養生所に……」

良吉は戸惑った。

「うん。お医者が滋養のある物を食べて静かに養生しなきゃあ駄目だと云ってな……」

雲海坊は告げた。

「うちにいたら滋養のある物も食べられないし、静かに養生出来ないからね……」

良吉は、笑顔で頷いた。

「ああ……」

「雲海坊の小父さん……」

良吉は、雲海坊を厳しい眼で見詰めた。

「何だ、どうした……」

「お父っちゃん、知っているの、おっ母ちゃんが養生所に入ったの……」

「いや、知らないが。報せた方が良いか……」

雲海坊は、良吉の気持ちを探った。

「駄目だよ。お父っちゃんに報せちゃあ駄目だよ。雲海坊の小父さん……」

良吉は、哀し気な面持ちで雲海坊に訴えた。

「良吉……」

「おっ母ちゃんの身体が良くなる迄、お父っちゃんには云わないで。ねっ、お願いだから、云わないで……」

良吉は、涙ぐんで雲海坊に頼んだ。

「良吉……」

雲海坊は、病の母親の事を父親に報せないでくれと頼む良吉を哀れんだ。

「雲海坊の小父さん……」

「ああ、云わない。何があっても云わないって約束するぞ」

雲海坊は笑った。

「うん。約束だよ。雲海坊の小父さん……」

良吉は、嬉しそうに笑った。

陽は大きく西に傾いた。

「折り畳んだ紙を渡して金を貰ったか……」

和馬は眉をひそめた。

「ええ……」

幸吉は頷いた。

「して、その良平とやら、茶道具屋の風華堂を眺め、唾を吐いたか……」

久蔵は眉をひそめた。

「ええ。良平、風華堂に恨みを持っているのかもしれません」

「風華堂に恨みか。幸吉、その良平、元は大工だと云ったな……」

久蔵は尋ねた。

「はい。普請場の屋根から落ちて脚の骨を折り、大工を辞めたとか……」

幸吉は告げた。

「そうか……」

久蔵は、笑みを浮かべた。

「秋山さま、何か……」

和馬と幸吉は、久蔵に怪訝な眼を向けた。

「幸吉。おそらく良吉は、風華堂の普請の時に屋根から落ちたんだろう」

久蔵は読んだ。

「えっ……」

「で、風華堂を逆恨みし、風華堂の図面を売った」

「売った……」

幸吉は困惑した。

「ああ。和馬、何処かの盗賊共が茶道具屋の風華堂に押込もうとしているようだ」

久蔵は睨んだ。

「盗賊……」

和馬と幸吉は驚いた。

「ああ。風華堂を見張ってみるんだな」

久蔵は、厳しい面持ちで命じた。

夕陽は、南町奉行所の用部屋の障子を赤く染めた。


長徳寺の賭場の盆茣蓙を囲む客たちは、熱気と欲に溢れていた。

客の中には良平もおり、相変わらず負けていた。

由松は、次の間で酒を飲みながら良平を窺っていた。

良平は、由松が船宿『笹舟』から神田明神門前町の飲み屋に戻った時、未だ酒を飲んでいた。そして新寺町の長徳寺にやって来た。

良平は負けが込み、焦りを浮かべて駒札を張っていた。

「どうだ……」

雲海坊が、由松の傍に現れた。

「相変わらず、下手の横好きって奴ですぜ」

由松は苦笑した。

「博奕を打つ金、良くあったな……」

雲海坊は眉をひそめた。

「そいつなんですがね……」

由松は、古長屋を出てからの良平の動きを雲海坊に報せた。

「縞の半纏を着た男から貰った一両か……」

「ええ。で、雲海坊の兄貴は、あれからどうしました……」

「うん……」

雲海坊は、博奕を打つ良平を腹立たしげに見ながら、おたみを小石川の養生所に担ぎ込んだ事を教えた。

賭場の夜は熱気を孕《はら》んで更けていく。

神田八つ小路は暗く、行き交う者も途絶えた。

神田連雀町は神田八つ小路の八つある道筋の一つにあり、連なる家並は静けさに覆われていた。

夜廻りの木戸番の打つ拍子木の音は、夜空に甲高く響き渡った。

茶道具屋『風華堂』は暗く、眠り込んでいた。

和馬、幸吉、勇次、新八、清吉は、茶道具屋『風華堂』の周囲に潜み、見張りに就いていた。

「どうだ……」

久蔵が、着流し姿で現れた。

「今の処、変わった様子はありません」

和馬は、緊張した面持ちで告げた。

「そうか……」

「それから秋山さま、風華堂は七年前に建て替えていましてね。その時、普請を請け負った大工大惣《だいそう》の大工に良平がおり、屋根から落ちて左脚の骨を折っていました」

幸吉は報せた。

「やはりな……」

久蔵は苦笑した。

「良平、その時に手に入れた金蔵の場所の描かれた図面を盗賊に売ったのでしょうね」

和馬は読んだ。

「うむ。馬鹿な奴だな……」

「ええ。大工大惣の棟梁の話じゃあ、左脚は不自由でも鉋《かんな》や鑿《のみ》を使う仕事はまだ出来る筈だと、怒っていましたよ……」

幸吉は、大工大惣の棟梁の惣兵衛《そうべえ》に聞いて来た事を久蔵に告げた。

「気の毒なのは女房子供だな……」

久蔵は、腹立たし気に夜の闇を見詰めた。

刻は過ぎた。

久蔵、和馬、幸吉、勇次、新八、清吉は見張り続けた。

神田八つ小路に続く道筋の闇が揺れた。

「和馬、柳橋の……」

久蔵は囁いた。

「はい……」

和馬と幸吉は頷き、緊張を滲ませて揺れた闇を見据えた。

勇次、新八、清吉は、得物《えもの》を握った。

揺れた闇から盗人姿の男が現れ、辺りを窺い警戒した。その背後に五人の盗人姿の男たちが出て来た。

盗賊だ……。

久蔵の睨みは当たった。

六人の盗人姿の男たちは、夜の暗がりを茶道具屋『風華堂』に向かってやって来る。

「盗賊は六人……」

和馬は囁いた。

「うむ……」

久蔵は頷いた。

幸吉、勇次、新八、清吉は、身構えた。

その時、六人の盗賊は立ち止まった。

どうした……。

久蔵、和馬、幸吉、勇次、新八、清吉は、戸惑い緊張した。

六人の盗賊は、一斉に身を翻《ひるがえ》して神田八つ小路に戻り始めた。

気が付かれた……。

久蔵は臍《ほぞ》を噛《か》んだ。

「勇次、新八……」

幸吉は促した。

「承知……」

勇次と新八は、暗い路地に駆け込んだ。

六人の盗賊は、神田八つ小路の闇の奥に消えた。

「追ってみます」

幸吉は、清吉を従えて追った。

「気が付かれましたね……」

和馬は、悔しさを露わにした。

「うむ。どうやら奴らも場数を踏んだ盗賊のようだ。いつもと違う気配を感じたのだろう」

　久蔵は苦笑した。

　勇次と新八は、神田川に架かっている昌平橋の袂に駆け込み、下の船着場を見下ろした。

　船着場では、六人の盗賊たちが屋根船の障子の内に乗り込んでいた。

　船頭は、六人の盗賊たちが乗り込んだのを見定め、棹《さお》を使って屋根船を神田川の流れに乗せた。

「行くぜ……」

　勇次は、新八を促して船着場に駆け下りて用意してあった猪牙舟《ちよきぶね》に乗った。

　新八が舫《もや》い綱を解き、猪牙舟を押して跳び乗った。

　勇次は棹を操り、猪牙舟を素早く流れに乗せて音もなく屋根船を追った。

　盗賊たちを乗せた屋根船は、船行燈を灯さずに神田川を下った。

　幸吉と清吉は、昌平橋から神田川を下って行く屋根船と勇次の猪牙舟を見送った。

「どうした……」

久蔵と和馬がやって来た。

「睨み通り、船で来ていました」

幸吉は告げた。

「そうか。勇次と新八が突き止めてくれると良いのだが……」

和馬は、神田川の流れを眺めた。

「和馬、江戸に潜む盗賊の割出しを急げ……」

「はい……」

「それから柳橋の。良平は又、盗賊と繋ぎを取るかもしれない。眼を離すな」

「心得ました」

幸吉は頷いた。

「さあて、何処の盗賊か……」

久蔵は、不敵に笑った。

三

神田川は、柳橋を潜って大川に流れ込む。

盗賊の乗った屋根船は、神田川から大川に出た。そして、舳先《へさき》を大川の上流、浅草に向けた。

「勇次の兄貴、浅草です」

舳先で見張っていた新八は、盗賊たちの乗った屋根船の行き先を告げた。

「うん……」

元船頭の勇次は、猪牙舟の船足を上げて暗がり伝いに追った。

大川には、船行燈を灯した荷船が僅かに行き交っていた。

屋根船は船行燈を灯し、大川を浅草に向かって進んだ。

勇次の操る猪牙舟は、新八を乗せて屋根船を巧みに追った。

盗賊を乗せた屋根船は、公儀米蔵の浅草御蔵の傍を通り、御厩河岸《おんまやがし》の脇を抜け、駒形堂《こまがたどう》の船着場に近寄った。

「勇次の兄貴、駒形堂の船着場ですね」

新八は、猪牙舟の舳先から先を行く屋根船の動きを報せた。

「承知……」

勇次は、猪牙舟を岸辺寄りの暗がり伝いに巧みに進めた。

屋根船は、駒形堂の船着場に船縁《ふなべり》を寄せた。

勇次は、岸辺寄りの暗がりに猪牙舟を止め、船着場を見守った。

屋根船からお店者、職人、人足などの姿の男が船着場に下り、足早に散って行った。

「勇次の兄貴……」

新八は焦った。

「新八、此処で下りて、最後に行く奴を追え」

勇次は命じた。

「合点です」

新八は、猪牙舟から岸辺に跳び、斜面を這《は》い上がった。

屋根船からは中年の浪人が下り、船頭に何事か告げて船着場から立ち去った。

新八は、大川沿いの道から現れ、中年の浪人を追った。

中年の浪人は駒形堂に進んだ。

新八は追った。

駒形堂に中年の浪人はいなかった。

新八は、駒形堂の前から蔵前の通りに出た。

蔵前の通りに人影はなかった。

新八は、中年の浪人を捜した。だが、浪人の姿は何処にも見えなかった。

見失った……。

新八は、深々と溜息を吐《つ》いた。


「そうか。浅草は駒形堂で見失ったか……」

久蔵は頷いた。

「はい。申し訳ありません」

幸吉は詫びた。

「いや。柳橋の、見失って良かったのかもしれぬ……」

久蔵は読んだ。

「秋山さま……」

幸吉は戸惑った。

「おそらく、その中年の浪人が我々の見張りに気が付いた盗賊だ。新八が見失わずに追い続ければ、必ず気が付かれ、危ない目に遭っただろう」

久蔵は、厳しい面持ちで告げた。

「そんな……」

幸吉は、ぞっとした面持ちで喉を鳴らした。

「あの盗賊、かなりの遣い手だ……」

久蔵は睨んだ。

「柳橋の。いずれにしろ、盗人宿は駒形堂界隈だ」

「はい。勇次たちが既に探索を始めております」

和馬は告げた。

幸吉は頷いた。

「よし。焦らず、慎重にな……」

久蔵は笑った。

大川には様々な船が行き交っていた。

浅草駒形堂には僅かな参拝客が訪れ、傍の蔵前通りには多くの人が通っていた。

五人以上の男が集まっても不審に思われない家……。

勇次、新八、清吉は、駒形堂界隈の駒形町、材木町、三間町などにそんな家を探した。

旅籠《はたご》、剣術道場、茶店、寺社、大工などの職人の組……。

勇次、新八、清吉は、秘かに探し続けた。


元鳥越町の古長屋は、おかみさんたちの洗濯とお喋《しゃべ》りの刻も終って閑散としていた。

良平は、新寺町の賭場で夜明けを迎え、一眠りして古長屋に帰って来た。

雲海坊と由松は、良平を追って古長屋に戻った。

「今、戻ったぜ……」

良平は、女房のおたみのいる筈の奥の家に入った。

「さあて、どうなるか……」

追って来た雲海坊と由松は、雲海坊の家に入って奥の家の様子を窺った。

僅かな刻が過ぎた。

良平が血相を変え、奥の家から飛び出して来た。

「始まるぜ、兄貴……」

由松と雲海坊は、腰高障子の隙間から奥の家を覗いた。

良平は、隣の家の腰高障子を叩いた。

「何だい、煩《うるさ》いね……」

初老の肥ったおかみさんが、迷惑そうな面持ちで出て来た。

連なる家々からおかみさんたちが覗き、良平の様子を窺っていた。

「おたみは、うちのおたみを知らないか……」

良平は尋ねた。

「さあ、知らないよ……」

肥ったおかみさんは突き放した。

「し、知らねえって、蒲団もねえんだぞ」

良平は、怒りに声を震わせた。

「蒲団、博奕の金欲しさに自分で質屋にでも入れたんだろう」

肥ったおかみさんは怒鳴り、腰高障子を勢い良く閉めた。

「くそ……」

良平は苛立ち、周囲の家々を見廻した。

覗いていたおかみさんたちは、一斉に顔を引っ込めた。

「偽坊主……」

良平は、雲海坊の家に向かった。


「こっちに来ますよ」

由松は苦笑した。

「さあて、どうするかな……」

「構わなければ、あっしが相手をしますぜ」

由松は、やって来る良平を見据えた。

「そうして貰おうか……」

雲海坊は笑った。

「やい。偽坊主……」

近付いて来る良平の影が、腰高障子に映った。

刹那、由松は腰高障子を開けた。

良平は、開けようとした腰高障子が開き、思わず怯んだ。

由松が笑い掛けた。

「な、何だ……」

良平は、声を震わせた。

「用があるのはお前さんの方だろう……」

由松は、嘲りを浮かべた。

「に、偽坊主を出せ……」

「用があるなら、俺が聞くぜ」

由松は、良平を冷たく見据えた。

「お、俺の女房、おたみは何処だ」

良平は、嗄《しゃが》れ声を引き攣《つ》らせた。

「さあて、そんな事は知らねえな」

「何だと……」

「おかみさんなら、酒と博奕に弱い馬鹿な亭主に愛想を尽かして逃げたんだろう」

由松は笑った。

「手前《てめえ》……」

良平は、由松に殴り掛かった。

由松は、良平の拳を押さえ、素早く平手打ちを放った。

良平は、頬を張り飛ばされ、悲鳴を上げて無様に倒れた。

家々から覗いているおかみさんたちの失笑が洩れた。

「良平、好い加減にするんだな……」

由松は笑い掛けた。

良平は立ち上がり、左脚を引き摺って木戸に向かった。

由松は苦笑した。

「追うよ」

雲海坊は、饅頭笠と錫杖を持って出て来た。

「承知……」

由松は、饅頭笠を被りながら古長屋を出て行く雲海坊に続いた。

おかみさんたちが、家から出て来て笑った。

良平は、左脚を引き摺って三味線堀に向かっていた。

「さあて、何処に行くのか……」

「野郎、下谷広小路で又、縞の半纏の野郎と逢うのかもしれませんぜ」

由松は読んだ。

良平は、三味線堀から御徒町に進んだ。

雲海坊と由松は尾行た。


「あの商人宿か……」

幸吉は、駒形町の大川沿いにある古い商人宿『信濃屋《しなのや》』を眺めた。

「ええ。魚屋や野菜の棒手振《ぼてふ》りに聞き込んだ処、普段は客の少ない商人宿なのに、三日前から魚や野菜をいつもより多く買っているそうでしてね」

勇次は報せた。

「成る程、三日前から客が増えたか……」

幸吉は眉をひそめた。

「はい……」

勇次は頷いた。

「親分、勇次の兄貴……」

商人宿『信濃屋』を見張っていた新八と清吉が呼んだ。

「どうした……」

「縞の半纏を着た野郎が……」

新八は、商人宿『信濃屋』から出掛けて行く縞の半纏を着た男を示した。

「縞の半纏……」

幸吉は、戸惑いを浮かべた。

そして、良平が縞の半纏を着た盗賊の男と逢っていたと、由松が云っていたのを思い出した。

「新八、縞の半纏を追ってみな」

幸吉は命じた。

「合点です」

新八は、縞の半纏を着た男を追った。

「親分……」

「勇次。商人宿の信濃屋、盗人宿に違いないだろう……」

幸吉は、古い商人宿『信濃屋』を盗人宿と見定め、小さく笑った。

縞の半纏の男は、三間町を新寺町に向かった。

新八は尾行た。

新寺町から下谷広徳寺前を抜け、山下に進む……。

縞の半纏を着た男は、足早に山下から下谷広小路に進んだ。


下谷広小路は賑わっていた。

雲海坊と由松は、物陰から上野仁王門前町の茶店を見張っていた。

茶店の縁台の端には良平が腰掛け、落ち着かない様子で茶を啜っていた。

「縞の半纏を着た野郎が来るのを待っているのかもしれねえ……」

由松は読んだ。

「良平、前もあの茶店で縞の半纏の野郎と逢ったのか……」

「ええ……」

由松は頷き、行き交う人々を見廻した。

やって来る人の中に、縞の半纏を着た男がいた。

「あっ……」

由松は気が付き、眉をひそめた。

「どうした……」

雲海坊は尋ねた。

「縞の半纏の野郎が来ましたが、新八が……」

由松は、縞の半纏を着た男と背後を来る新八に気が付いた。

「新八……」

「ええ。どうやら、縞の半纏の野郎を追って来ているようですぜ」

由松は告げた。

「何……」

雲海坊は眉をひそめた。

縞の半纏を着た男は、茶店に近付いた。

茶店にいた良平は、縞の半纏を着た男に気が付き、縁台から立ち上がって愛想笑いを浮かべて迎えた。

縞の半纏を着た男は苦笑し、良平に何事かを告げて縁台に腰掛けた。

新八は路地に入り、縞の半纏を着た男を見張った。

「新八……」

由松が背後に現れた。

「由松さん……」

新八は戸惑った。

「雲海坊の兄貴もいる……」

由松は、物陰にいる雲海坊を示した。

縞の半纏を着た男は、厳しい顔で良平に何事かを告げていた。

良平は、戸惑った面持ちで縞の半纏を着た男の云う事を聞いていた。

「彼奴が良平ですか……」

新八は、雲海坊や由松と一緒に縞の半纏を着た男と良平を見守った。

「ああ……」

雲海坊は頷いた。

「で、新八、あの縞の半纏を着た野郎、盗賊の一味なのかもしれねえんだな」

由松は訊いた。

「はい。で、何をするか、親分の指図で尾行て来たんです」

「そうか……」

由松は頷いた。

「良平の奴、金欲しさに盗賊の使いっ走りになりやがって、馬鹿な野郎だ」

雲海坊は、腹立たし気に吐き棄てた。

「風華堂に役人の手が廻っていた……」

良平は驚いた。

「ああ。お頭が妙な気配に気が付き、退き上げたんだが、良平さん、あんた、俺たちの事を売ったんじゃあないだろうな」

縞の半纏の男は、暗い眼で良平を見据えた。

「甚八《じんぱち》さん。あっしがそんな真似をする訳がありませんよ」

良平は焦り、声を震わせた。

「嘘偽りはねえだろうな」

甚八と呼ばれた縞の半纏の男は、良平を見据えて念を押した。

「ええ。そんな真似をしたなら、今日此処には来ませんぜ」

良平は抗弁した。

「じゃあ、どうして……」

「知りません。あっしは何も知りませんよ」

良平は必死だった。

「本当かい……」

甚八は、良平に疑いの眼を向けた。

「信じて下さいよ、甚八さん……」

良平は、甚八に泣きついた。

「分かったぜ。良平さん……」

甚八は、懸命に抗弁する良平に苦笑した。

「甚八さん……」

良平は、安堵の吐息を洩らした。

「良平さん、その代わりと云っちゃあなんだが、他に獲物になる大店はねえかな……」

甚八は囁いた。

「えっ。他にですか……」

「ああ。心当たりはねえか……」

「心当たり……」

「ああ……」

甚八は、良平に狡猾な眼を向けた。

「ない事もありませんが……」

良平は、何かに思い当たり、薄笑いを浮かべた。

「あるのかい……」

甚八は、僅かにその眼を光らせた。

「ええ……」

良平は、薄笑いを浮かべて頷いた。

「ちょいと、聞かせて貰おうか……」

甚八は笑った。

「はい……」

良平は、嬉し気に頷いた。

良平と縞の半纏の男は、茶店の縁台の隅で何事かを囁き合っていた。

雲海坊、由松、新八は見守った。

やがて、縞の半纏を着た男は、懐から小判を一枚取り出して素早く良平に渡した。

良平は、笑顔で小判を受け取った。

「雲海坊さん……」

新八は眉をひそめた。

「良平の奴、又、何か取引きをしやがったな」

雲海坊は、怒りを滲ませた。

「ええ。懲《こ》りねえ野郎だ」

由松は頷き、吐き棄てた。

縞の半纏を着た男は、良平に笑い掛けて縁台から立ち上がった。

良平は、縁台から立ち、腰を屈めて頭を下げた。

縞の半纏の男は、嘲りを浮かべて茶店を後にした。

「新八、縞の半纏野郎を追いな……」

由松は命じた。

「合点です。じゃあ……」

新八は、縞の半纏を着た男を追った。

雲海坊と由松は、茶店に残った良平を見守った。

良平は、安堵の吐息を洩らし、茶代を払って茶店を出た。

「追いますぜ……」

由松は、良平を素早く追った。

「おお……」

雲海坊は続いた。


良平は、下谷広小路の雑踏を抜けて下谷御成《おなり》街道に進んだ。

由松と雲海坊は尾行た。

良平は、神田川に出て架かっている筋違《すじかい》御門を渡り、神田八つ小路に出た。

何処に行くのか……。

雲海坊と由松は追った。


「秋山さま……」

和馬は、厳しい面持ちで久蔵の用部屋にやって来た。

「風華堂に押込もうとした盗賊共、何処の誰か分かったか……」

久蔵は、読んでいた書類を置いた。

「はい。盗賊共が我々の気配に気が付いたのをみると、頭はおそらくかなりの剣の遣い手。で、頭が元武士の盗賊を洗った処……」

「いたか……」

「はい。らしい盗賊が……」

和馬は頷いた。

「何処の誰だ……」

「音無《おとな》しの権兵衛《ごんべえ》、外道《げどう》働きの盗賊です」

〝外道働き〟とは、押込み先の者を容赦なく殺し、傷付け、犯して金を盗む事だ。

和馬は報せた。

「音無しの権兵衛……」

久蔵は眉をひそめた。

「はい。音もなく忍び込んで抜く手も見せず、人を斬る……」

「それで、音無しか……」

「はい……」

「して、権兵衛と云うのは……」

「盗みに手を染めた時、盗賊仲間に名無しの権兵衛と名乗り、いつの間にか権兵衛。音無しの権兵衛と呼ばれるようになった……」

和馬は告げた。

「音無しの権兵衛、洒落《しやれ》た真似をしやがって。素姓は……」

久蔵は苦笑した。

「何処かの大名家の家来でしたが、殿さまの逆鱗《げきりん》に触れて逐電《ちくでん》し、以来諸国を渡り歩いて外道働きの盗賊となり、関八州《かんはっしゅう》を荒らしています」

「で、今じゃあ、盗賊一味の頭の音無しの権兵衛か……」

「はい……」

「そうか。おそらく、茶道具屋風華堂に押込もうとした盗賊は音無しの権兵衛一味に相違あるまい」

久蔵は頷いた。

「はい……」

「よし。和馬、盗賊音無しの権兵衛一味の事を柳橋に報せろ」

久蔵は命じた。

四

日本橋通りにはお店が連なり、多くの人で賑わっていた。
良平は、神田八つ小路から日本橋に向かっていた。
雲海坊と由松は尾行た。
「次は何処に行くんですかね」
由松は、苛立ちを滲ませた。
「さあ、なあ……」
雲海坊は、饅頭笠を上げて人混みを行く良平を見た。
悪い予感がする……。
雲海坊は、左脚を引き摺りながら行く良平の後ろ姿に悪い予感を覚えた。
良平は立ち止まり、傍らの大店を眺めた。
悪い予感は当たった……。
良平の立ち止まった大店は、良吉が住込み奉公をしている呉服屋『丸越屋』だった。

良平は、客で賑わっている呉服屋『丸越屋』の店内を眺め、裏の台所に続く横手の路地に入った。

「雲海坊の兄貴……」

由松は眉をひそめた。

「ああ。良平の馬鹿野郎、倅の良吉に逢いに来たんだ」

雲海坊は、怒りを覚えた。

僅かな刻が過ぎた。

由松は、雲海坊に呉服屋『丸越屋』の横手の路地を示した。

良平は、小僧の良吉を伴って横手の路地から現れ、浮世小路に入って行った。

雲海坊と由松は追った。


浮世小路の先には西堀留川の堀留があり、揺れる水面《みなも》は鈍色に輝いていた。

良平は、良吉を堀留に伴った。

雲海坊と由松は、物陰から見守った。

良平は、固い面持ちで俯《うつむ》いている良吉に何事かを熱心に話し、頭を下げて何かを頼んでいた。

良吉は、じっと俯いたままだった。

「良平の野郎、良吉に何かを頼んでいるようですね……」

由松は、微かな苛立ちを過ぎらせた。

「ああ……」

「おかみさんのおたみさんの行方、知ってるなら教えてくれと頼んでいるんですかね」

「そうかもな……」

「良吉、おっ母さんが養生所に入ったのを知っていますよね」

由松は心配した。

「ああ。だが、良吉は良平には教えない。心配はいらない……」

雲海坊は、良平に報せないでくれと頼んだ良吉を思い出し、由松に告げた。

「でも、父親と倅、父子ですからね……」

由松は、堀留にいる良平と良吉を見た。

どうなるか分からない……。

良吉は、父親の良平に泣きつかれて教えてしまうのかもしれない。

親子の情は、他人には推し量れないものがある……。

雲海坊は、微かな不安を覚えた。
良平は、良吉に懸命に何かを頼んでいた。
良吉は、俯いたまま僅かに頷いた。
良平は、良吉の肩を叩いて喜び、何事かを告げて日本橋の通りに向かった。
良吉は、俯いたままじっと堀留に佇んだ。
「追いますよ。雲海坊の兄貴……」
由松は、雲海坊を促した。
「由松。済まないが一人で行ってくれ。俺は良吉が気になる……」
雲海坊は告げた。
「承知。じゃあ……」
由松は、良平を追った。
雲海坊は見送り、堀留に佇む良吉を見た。
良吉は声を洩らさず、肩を揺らしていた。
良吉……。
雲海坊は、声を上げずに泣いている良吉に近付いた。
良吉は、近付く人の気配に気が付き、滲む涙を拭って振り返った。

「やあ、良吉……」

雲海坊は笑い掛けた。

「雲海坊の小父さん……」

良吉は、雲海坊に気が付き、必死に堪《こら》えていた泣き声を上げて涙を溢れさせた。

「どうした、良吉……」

雲海坊は眉をひそめた。

「お父っちゃんが、お父っちゃんが……」

良吉は、泣きじゃくった。

西堀留川の堀留には、何処かから流れ着いた風車が半分沈んで揺れていた。

駒形町の商人宿『信濃屋』は訪れる客もいなく、腰高障子を閉めていた。

幸吉と清吉は、隣の荒物屋の納屋を借りて見張っていた。

「そうか。縞の半纏の野郎、下谷の茶店で良平と逢ったのか……」

幸吉は、新八から縞の半纏を着た男の動きを聞いた。

「ええ。良平は雲海坊さんと由松さんが見張っています」

新八は報せた。

「そうか……」

「親分。今、戻った縞の半纏野郎、荒物屋の旦那の話じゃあ、甚八って名前の信濃屋の居候だそうですよ」

勇次が入って来て報せた。

「甚八か……」

幸吉、新八、清吉は、縞の半纏を着た男の名を知った。

「ええ。で、信濃屋には主の庄五郎《しょうごろう》と手代の万助《ばんすけ》、他にお内儀と女中が二人。それから客が三人、泊っているようです」

勇次は、荒物屋の旦那や近所の者にそれとなく聞き込んで来た。

「客の三人が男なら、旦那の庄五郎たち信濃屋の者と合わせて六人か……」

幸吉は、茶道具屋『風華堂』に現れた盗賊が六人だったのを思い出した。

「親分、神崎の旦那です……」

清吉が、窓から外を見張りながら報せた。

「おう、柳橋の……」

浪人姿の和馬が、納屋に入って来た。

「こりゃあ、和馬の旦那……」

幸吉、勇次、新八、清吉は、和馬を迎えた。

「何か分かりましたか……」

「ああ。どうやら盗賊は音無しの権兵衛一味らしい……」

和馬は告げた。

「音無しの権兵衛……」

幸吉は、微かな緊張を過ぎらせた。

「知っているか……」

「名前だけは。関八州を荒らしている外道働きの盗賊一味で、頭の権兵衛は抜く手も見せずに人を斬る侍だって噂ですぜ」

幸吉は眉をひそめた。

「ああ。その音無しの権兵衛だ……」

和馬は、厳しい面持ちで頷いた。


木洩れ日は、南町奉行所の用部屋の庭先に揺れた。

雲海坊は、饅頭笠を取って濡れ縁の前に控えていた。

生かしちゃあおけない……。

雲海坊は、手代たちの指図で一生懸命に仕事をする小僧の良吉を思い浮かべた。

良吉は、父親の良平から呉服屋『丸越屋』に盗賊が押込むのを手伝うように頼まれた。

夜更けに潜り戸の猿や心張棒を外し、盗賊を招き入れてくれと……。

良平は、そうして貰えないと自分は盗賊に殺されると良吉に泣き付き、助けてくれと頼んだ。

自分が助けなければ、父親は盗賊に殺される。だが、助ける為には、大切な奉公先の呉服屋『丸越屋』に押込む盗賊を手伝わなければならない。

良吉は、迷い混乱した。

可哀想に……。

雲海坊は、良吉を哀れんだ。そして、父親の良平に怒りを滾《たぎ》らせた。

此のままじゃあ、良吉やおたみさんの為にならない。

やっぱり、良平を……。

雲海坊は、次の言葉を飲み込んだ。

「やあ。待たせたな、雲海坊……」

久蔵が、用部屋に戻って来た。

「いえ……」

雲海坊は、居住まいを正した。

「して、用とは何だ……」

久蔵は、濡れ縁に腰掛けた。

「はい。室町の呉服屋丸越屋が盗賊に狙われています」

雲海坊は報せた。

「呉服屋丸越屋が……」

久蔵は眉をひそめた。

「はい……」

雲海坊は、久蔵を見据えて頷いた。

「雲海坊……」

久蔵は、雲海坊が殺気を秘めているのを感じ、微かに戸惑った。

「はい……」

「ま、良い。その話、詳しく聞かせて貰おう」

久蔵は、小さな笑みを浮かべた。

大川には様々な船が行き交っていた。

和馬、幸吉、清吉は荒物屋の納屋から商人宿『信濃屋』の表を、勇次と新八は裏手を見張っていた。

良平が左脚を引き摺りながら現れ、商人宿『信濃屋』の前に立ち止まり、辺りを見廻した。

「親分、神崎の旦那……」

清吉の報せに幸吉と和馬は、納屋の窓辺に素早く寄った。

「良平か……」

和馬は眉をひそめた。

「ええ……」

幸吉は頷いた。

「由松さんが尾行て来ました。呼んで来ます」

清吉は納屋を出た。

「うん……」

和馬と幸吉は、良平が商人宿『信濃屋』に入って行くのを見届けた。

「親分、和馬の旦那……」

由松が、清吉に誘われて来た。

「おう。御苦労さん、良平の奴を追って来たのか……」

幸吉は迎えた。

「はい。あの商人宿は……」

由松は頷き、窓の外の商人宿『信濃屋』を示した。

「どうやら、音無しの権兵衛って盗賊一味の盗人宿だ……」

和馬は告げた。

「盗賊の音無しの権兵衛ですかい……」

「ああ……」

「親分、神崎の旦那……」

清吉が窓辺から呼び、外を示した。

商人宿『信濃屋』から良平と甚八が現れ、蔵前通りを神田川に向かった。

「追います……」

由松は、素早く納屋を出た。

「清吉、お前も行きな……」

幸吉は命じた。

「合点です」

清吉は、由松に続いて出て行った。

呉服屋『丸越屋』は客で賑わっていた。

小僧の良吉は、店先の掃除に励んでいた。

「あの小僧が良吉か……」

久蔵は、塗笠を上げて見た。

「はい……」

「よし。雲海坊は此のまま良吉を見守ってやりな。俺は駒形町の商人宿に行く」

久蔵は告げた。

「はい……」

「じゃあな……」

久蔵は、雲海坊を残して駒形町に向かった。

雲海坊は見送り、働く良吉を見守った。

浮世小路から良平が現れ、良吉に近付いた。

良平……。

雲海坊は眉をひそめた。

そして、浮世小路の曲がり角から由松が見ているのに気が付いた。

良平は、戸惑う良吉に何事かを告げ、浮世小路に誘った。

「野郎……」

雲海坊は追った。


良平は、良吉を西堀留川の堀留に伴った。

甚八は、狡猾な笑みを浮かべていた。

良吉は、甚八を見て怯えた。

「良吉、此方は甚八さんだ。此れからは甚八さんの云う通りにするんだぜ」

「良吉、宜しくな……」

甚八は、良吉に笑い掛けた。

「嫌だ、盗賊の云う通りになんかしない。盗賊なんか嫌いだ。盗賊だ……」

良吉は、後退《あとずさ》りしながら大声で叫んだ。

「煩せえ、小僧。黙れ……」

甚八は狼狽え、匕首《あいくち》を抜いて良吉に襲い掛かった。

「良吉……」

刹那、良平が良吉を抱き締めた。

甚八の匕首は、良吉を抱き締めた良平の背中に突き刺さった。

良平は、血を飛ばして仰け反った。

甚八は狼狽えた。

「野郎……」

由松と清吉が現れ、甚八に飛び掛かった。

雲海坊は、倒れた良平に駆け寄った。

良吉は、呆然と立ち竦《すく》んでいた。

雲海坊は、良平の背中の傷を検めた。

背中の傷は深かった。

由松と清吉は、甚八の匕首を奪い、容赦なく叩きのめして捕り縄を打った。

「戸板だ。誰か、誰か戸板を……」

雲海坊は叫んだ。

「お父っちゃん……」

良吉は、自分を庇って刺された良平を呆然と見下ろしていた。

良平は、微かな笑みを浮かべて気を失った。

木戸番たちが駆け付け、戸板に良平を乗せて立ち去った。

「良吉……」

良吉は立ち尽くした。

「お父っちゃん……」

「良吉、お父っちゃん、お前を助けてくれたんだ……」

雲海坊は、良吉に告げた。

「うん……」

良吉は、戸板に乗せられて医者に運ばれて行く良平を見送った。

大川の流れに西日が映えた。

「そうか。良平を刺した盗賊一味の者をお縄にしたか……」

久蔵は頷いた。

「はい。刺された良平には雲海坊さんが……」

由松は告げた。

「うむ。よし、和馬、一味の者が捕らえられたと知れば、音無しの権兵衛一味は直ぐに散るだろう」

「では……」

「うむ。残る盗賊は頭の音無しの権兵衛を入れて五人。俺は勇次や新八と裏から踏み込む。和馬は柳橋や由松、清吉と表から行ってくれ」

「心得ました」

和馬は頷いた。

「で、頭の音無しの権兵衛は俺が相手をする」

久蔵は告げた。

清吉は、商人宿『信濃屋』の腰高障子を乱暴に開けた。

由松、幸吉、和馬は踏み込んだ。

「何だ、手前ら……」

手代の万助と痩せた浪人が出て来た。

「南町奉行所だ。盗賊音無しの権兵衛一味の者共、神妙にお縄を受けろ」

和馬は怒鳴った。

「煩せえ……」

手代の万助と痩せた浪人は、刀を抜いた。

幸吉と清吉が手代の万助に、和馬と由松が痩せた浪人に襲い掛かった。

幸吉、清吉、由松、和馬は二人掛かりで容赦なく万助と痩せた浪人を打ちのめし、捕り縄を打った。


旦那の庄五郎と手下は、居間から裏手に逃げた。

「逃がしはしねえ」

勇次と新八が、裏から踏み込んで来た。

「退け……」

庄五郎と手下は喚き、長脇差を抜いて勇次と新八に斬り掛かった。

久蔵が現れ、心張棒を振るった。

庄五郎と手下の長脇差は、弾き飛ばされた。

「野郎……」

勇次と新八は、十手と萬力鎖で庄五郎と手下を叩きのめした。

久蔵は、奥の座敷に進んだ。

背の高い総髪の侍が座っていた。

「お前か、盗賊の音無しの権兵衛は……」

久蔵は、笑い掛けた。

「お前は……」

「南町奉行所吟味方与力秋山久蔵……」

久蔵は名乗った。

「南町の剃刀《かみそり》久蔵か……」

権兵衛は立ちあがり、笑みを浮かべて刀を腰に差した。

「一味の者はお縄にした。神妙にするのだな」

久蔵は、後退りして間合いを取った。

「さあて……」

権兵衛は苦笑し、間合いを大きく詰めた。

刹那、久蔵は間合いを取らず、逆に大きく踏み込み、刀を鋭く一閃《いっせん》した。

権兵衛は、咄嗟《とっさ》に抜き打ちの一刀を放った。

閃光が交錯し、久蔵と権兵衛は残心《ざんしん》の構えを取った。

血が滴《したた》り落ちた。

「間合いを詰めるとはな……」

権兵衛は苦笑し、脇腹から血を流して崩れるように斃《たお》れた。

久蔵は、刀に拭いを掛けて鞘《さや》に納めた。

盗賊音無しの権兵衛一味は、呉服屋『丸越屋』に押込む前に捕縛された。

久蔵は、捕らえた庄五郎や甚八たち五人の手下を死罪に処した。

権兵衛の素性は、不明のままだった。


「そうか。良平は死んだか……」

「はい。最期の最期に父親らしい真似をして……」

雲海坊は、良吉を庇った良平を思い出した。

「うむ。して、良吉はどうした……」

「未だ混乱しているようですが、どうにか弔いは終えました」

「経は読んでやったのか……」

「はい……」

「そうか。良かったな、経を読んでやれて……」

久蔵は笑った。

「えっ……」

雲海坊は戸惑った。

「如何に雲海坊でも、己が手に掛けた奴の経を読むのは寝覚めが悪かろう」

久蔵は、雲海坊の良平に対する殺気を思い出していた。

「秋山さま……」

雲海坊は、久蔵が己の秘めた殺気に気付いていたのを知り、苦笑した。

「良吉もいつかは、父親良平の弱さと愚かさ、そして哀れさに気が付くだろう。御苦労だったな……」

久蔵は、雲海坊を労った。

第三話

お使い

一

その日、秋山大助は学問所が休みで遅い朝飯を食べていた。

「もう、兄上。いつ迄、食べているの、さっさと食べて下さいな」

小春《こはる》は、囲炉裏端《いろりばた》を片付けながら大助を急かした。

「煩い……」

大助は、飯を食べ続けた。

「大助さま、お代わりは……」

太市の女房のおふみは、大助に声を掛けた。

「じゃあ、もう一杯だけ……」

大助は、嬉し気に空の茶碗を差し出した。

「はい。只今……」

おふみは苦笑し、大助の空の茶碗に飯を装い始めた。

「おふみさんだけだよ。俺の味方は……」

大助は、嬉し気に告げた。

「おふみさん、甘やかしたら駄目ですよ。付け上がるから……」

小春が洗い物をしながら告げた。

「はいはい。心得ておりますよ。はい。どうぞ……」

おふみは笑い、飯を装った茶碗を大助に差し出した。

「ありがとう……」

大助は、嬉しそうに笑った。

「じゃあ、お茶も淹れて置きますよ」

おふみは、大助に茶を淹れて井戸に出て行った。

「あら、大助。未だ食べているんですか……」

香織が、風呂敷包みを持って入って来た。

「あっ、母上。只今……」

大助は、慌てて茶碗の飯を掻き込み、茶で飲み下した。

「はい……」

大助は、口元を拭って香織に向き直った。

「何か……」

「大助。学問所がお休みならば、使いに行って下さい」

香織は、風呂敷に白絹、鰹節、干し鮑《あわび》、塩漬けの鳥肉などを包みながら告げた。

「使いですか……」

大助は眉をひそめた。

「ええ。此れは駄賃です」

香織は、一朱銀を出した。

「行きます、使い。何処にでも行きます」

大助は張り切り、一朱銀を受け取った。

「行き先は、向島《むこうじま》の弥平次の御隠居さまの処です」

香織は告げた。

「弥平次の御隠居の処。分かりました。直ぐに行きます」

「ならば、此の品をおまきさんに渡し、頂き物のお裾分けです、とね……」

香織は告げた。

「心得ました。じゃあ、直ぐに仕度を……」

大助は、一朱銀を握り締めて張り切って自室に急いだ。

「母上、お使いなら私が行ったのに……」

小春は、不満そうに頰を膨らませた。

「小春には向島は遠過ぎますよ」

香織は苦笑した。


雲一つない青空だった。

大助は、風呂敷包みを担ぎ、大きく背伸びをした。

「じゃあ、大助さま。行ってらっしゃい……」

太市は笑い掛けた。

「はい……」

大助は、笑顔で頷いた。

「大助さま。お気を付けて……」

与平《よへい》は、大助に心配そうな眼を向けた。

「心配無用です。与平の爺ちゃん。土産に長命寺《ちょうめいじ》の桜餅を買って来るよ。じゃあ、行って来ます」

大助は、秋山屋敷を出た。

「大助さま……」

与平は、手を振って見送った。

「お土産、待っているんだよ。与平の爺ちゃん……」

大助は振り返り、大きく手を振って出掛けて行った。

太市は笑った。

向島は八丁堀の北の方角にある。

八丁堀から行くには、大川を渡って北に進めば良い。

大助は、日本橋川に架かっている江戸橋を渡って両国広小路に進む。そして、大川に架かっている両国橋を渡り、本所から北に向かう道筋で行く事に決め、蒼穹《そうきゅう》の下を足取り軽く歩き始めた。

江戸の者は、隅田川の浅草吾妻橋《あづまばし》から下流を大川と呼んでいた。

隅田川は緩やかに流れ、土手道の木々の枝葉は揺れていた。

大助は、吾妻橋の袂から水戸藩江戸下屋敷の前を抜け、隅田川沿いの土手道を北に進んだ。

微風は心地良く吹き抜け、大助の鬢《びん》の解《ほつ》れ毛を揺らした。

大助は、長命寺の手前を東に曲がり、小川沿いの小道に進んだ。

元岡っ引の柳橋の弥平次と船宿『笹舟』の元女将のおまき夫婦の隠居所は、長命寺の裏手にあった。

大助は、生垣に囲まれた隠居所の木戸門から母屋に声を掛けた。

「弥平次の御隠居、八丁堀の秋山大助です」

「えっ。秋山さま……」

小女のおたまが母屋の台所から現れた。

「おう。おたまちゃん……」

大助は、気軽に声を掛けた。

「あっ。いらっしゃいませ。大助さま……」

おたまは、木戸門に駆け寄って開けた。

「達者にしていたか……」

「そいつは何より。で、御隠居と女将さんはいるかな……」

大助は尋ねた。

「はい。お陰様で……」

「母にお届けするよう命じられ、持参致しました。お納め下さい」

大助は、緊張した面持ちで口上を述べ、おまきに風呂敷包みを差し出した。

「此れは此れは御叮嚀《ていねい》に。いつも、お気に掛けて戴き、ありがとうございます」

おまきは微笑み、礼を述べた。

「どうぞ……」

おたまが茶を差し出した。

「忝い……」

大助は茶を啜り、役目は終えたと、悪戯《いたずら》っ子のような笑いを浮かべた。

「大助さま、遠くて大変だったでしょう」

おまきは苦笑した。

「いえ。して、御隠居さんは……」

大助は、家の中を見廻して尋ねた。

「それが大助さま。うちの御隠居、近頃、釣りに凝っていましてね……」

おまきは告げた。

「釣り……」


大川の流れに釣り糸は投げ込まれた。

弥平次は、水神の岸辺で釣り糸を垂れていた。

「釣れますか……」

土手道から大助が下りて来た。

「こりゃあ、大助さまじゃありませんか……」

弥平次は、笑顔で迎えた。

「母上の使いで来ましてね。御隠居さんが水神で釣りをしていると聞き、見物に来ました」

大助は、弥平次の隣に腰を下ろした。

「それはそれは……」

「で、釣れていますか……」

「鮒《ふな》が三匹……」

弥平次は、魚籠《びく》を覗かずに告げた。

「鮒が三匹ですか、微妙ですね」

大助は首を捻った。

「ええ。じゃあ、今日は此れぐらいにしますか……」

弥平次は苦笑した。

〝長命寺名物桜餅〟の小旗は、微風に翻っていた。

「そうですか、秋山さまにもお変わりなく……」

弥平次は、長命寺門前の茶店で茶を啜った。

「はい。相変わらずですよ」

大助は、桜餅を頰張っていた。

「それは何よりです……」

弥平次は、久蔵と事件を追った日々を懐かしく思い出した。

「御隠居。長い間、父上と一緒に仕事をしてきて、随分と肝を冷やしたでしょう」

大助は尋ねた。

「そりゃあもう。若い頃の秋山さまは、大身旗本の悪辣《あくらつ》な殿さまに町奉行所の与力と刺し違えるか、なんて啖呵《たんか》を切りましてね……」

弥平次は、懐かしそうに眼を細めた。

「そいつは、今も余り変わっていないようですよ」

大助は苦笑した。

「それはそれは、悪党に容赦のない剃刀久蔵は健在ですか……」

弥平次は、嬉しそうに笑った。

「ええ。和馬さんや柳橋の親分たちに面倒を掛けているようです」

「面倒だなんて。和馬さま、和馬の旦那や幸吉たちは、そんな秋山さまだから喜んで付いていっているんですよ……」

「御隠居もそうだったのですか……」

「そりゃあもう……」

弥平次は、満足そうに頷いた。

「お客さま、お持ち帰りの桜餅です」

茶店の老亭主が、笹の葉で包んだ桜餅を大助に持って来た。

「うん……」

大助は、桜餅の包みを受取り、金を払った。

「お土産ですか……」

「はい。与平の爺ちゃんに……」

大助は、桜餅の包みを懐に仕舞った。

「与平さん、お達者ですか……」

「お陰さまで。ですが、身体や気力が随分と衰えましてね、家族の者以外は誰か良く分からなくなったようです」

大助は眉をひそめた。

「そうですか……」

弥平次は、淋し気な面持ちで頷いた。

女の悲鳴が上がった。

大助と弥平次は、咄嗟に茶店から土手道に飛び出した。

「何をします。お止め下さい……」

隅田川の下流、弘福寺《こうふくじ》から二人の浪人と派手な半纏を着た若い男が縋《すが》るお店者を蹴飛ばし、お店のお内儀らしい女を当て落とし、待たせてあった町駕籠《まちかご》に無理矢理に乗せた。

「お内儀さま……」

お店者は、必死に町駕籠に乗せられたお内儀を助けようとした。

「退け……」

髭面の浪人が刀を抜き放った。

お店者は、血を飛ばして倒れた。

「おのれ。勾引しか……」

大助は、猛然と走った。

「大助さま……」

弥平次は続いた。

「何をしている。止めろ……」

大助は怒鳴り、駆け寄った。

「行け……」

お店者を斬った髭面の浪人は、背の高い浪人と派手な半纏を着た若い男に町駕籠を連れて行くように促し、駆け寄って来る大助の前に立ちはだかった。

「おのれ、曲者《くせもの》……」

大助は、刀を構えた髭面の浪人に立ち向かった。

髭面の浪人は、大助に斬り掛かった。

大助は、髭面の浪人の斬り込みを身を投げて躱《かわ》し、拳大の石を拾って投げ付けた。

拳大の石は、髭面の浪人の顔に当たり、鼻血を飛ばした。

髭面の浪人は狼狽え、血の流れる鼻を押さえて土手下に転げるように逃げた。

「待て……」

大助は、背の高い浪人と派手な半纏を着た男に誘われて行く町駕籠を追った。

「大助さま……」

弥平次は慌てた。そして、茶店の老亭主に倒れているお店者を頼み、大助を追った。

背の高い浪人と派手な半纏の若い男は、お店のお内儀を乗せた町駕籠を従えて吾妻橋に向かっていた。

「待て……」

大助が追って来た。

「加藤《かとう》の旦那……」

派手な半纏を着た若い男は、背の高い浪人に大助が追って来るのを報せた。

「島田《しまだ》の旦那、どうしたんですかね」

派手な半纏を着た若い男は、眉をひそめた。

「ふん。島田の奴、口程にもないようだな」

加藤と呼ばれた背の高い浪人は、髭面の浪人を蔑み嘲笑した。

「よし。俺が始末する。紋次《もんじ》は先に行け……」

「はい……」

紋次と呼ばれた派手な半纏を着た若い男は頷き、駕籠舁《か》きを促して吾妻橋を渡り始めた。

「小僧……」

加藤は、追って来る大助を一瞥し、嘲笑を浮かべて紋次と町駕籠に続いた。

吾妻橋には、多くの人が行き交っていた。

派手な半纏を着た紋次は、町駕籠を誘って吾妻橋を浅草に進んだ。

背の高い浪人の加藤が続いた。

大助は追った。

吾妻橋を渡ると浅草広小路であり、花川戸《はなかわど》、下谷、蔵前の通りに続き、何処にでも行ける。

浅草広小路の雑踏に入られると、見失う恐れがある。

拙《ま》い……。

大助は焦り、行き交う人々を躱して吾妻橋を小走りに進んだ。

拙い……。

弥平次は焦った。

大助さまの身に何かあれば、秋山さまに合わせる顔がない……。

弥平次は、吾妻橋の東詰近くの北本所中之郷瓦町《なかのごうかわらまち》の木戸番屋に駆け込んだ。

「こりゃあ、柳橋の親分さん……」

木戸番は、弥平次が柳橋の親分と呼ばれている頃からの知り合いだった。

「茂吉《もきち》さん、今は只の隠居だ……」

弥平次は苦笑し、下谷と浅草に大助さまを捜せと手紙を書き、柳橋の船宿『笹舟』に届けるように茂吉に頼んだ。

「合点です」

茂吉は頷き、手紙を持って柳橋に走った。

さあて、どうする……。

弥平次は、水を飲んで乱れた息を整えた。


大助は、吾妻橋の上から浅草広小路の雑踏を見廻した。

北に花川戸町、南に蔵前の通り、西に下谷に行く道がある。

大助は、派手な半纏を着た若い男と一緒に行く町駕籠を捜した。

浅草広小路の西の外れに派手な半纏を着た紋次と町駕籠が、下谷の方に向かっているのが見えた。

いた……。

下谷に向かっている。

大助は、浅草広小路の雑踏を西に急いだ。

どうする……。

雑踏で騒ぎを起こした方がいいのか、それとも行く先を見定めた方がいいのか……。

大助は、迷いながら追った。

弥平次は、長命寺門前の茶店に戻った。

茶店の一室では、斬られたお店者が長命寺の僧侶の手当てを受けていた。

「お坊さまか……」

「うん。長命寺の明快《めいかい》さまは医術の心得があってね……」

茶店の老亭主は告げた。

「そいつは良かった。で、如何でしょうか……」

弥平次は、明快に気を失っているお店者の容態を訊いた。

「うむ。深手だが、命は何とか取り留めるだろう……」

明快は眉をひそめた。

「そうですか、宜しくお願いします」

弥平次は安堵した。

「うむ……」

明快は頷いた。

「で、斬られた人の持ち物は……」

弥平次は、老亭主に尋ねた。

「持ち物なら此処に……」

乱れ箱に入れた僅かな金の入った巾着や手拭いなどがあった。

「身許の分かる物はあるかな……」

弥平次は、お店者の持ち物を検めた。だが、お店者の身許の分かる物はなかった。

弥平次は、折り畳まれた手拭いを広げた。

手拭いの端には、『本郷・薬種問屋大黒堂』と染め抜かれていた。

「本郷の薬種問屋大黒堂《だいこくどう》か……」

弥平次は眉をひそめた。

北本所中之郷瓦町の木戸番の茂吉は、大川の東岸の道を走り、両国橋を渡って両国広小路に出た。そして、神田川に架かっている柳橋を渡り、船宿『笹舟』に駆け込んだ。

運良く幸吉はいた。

「向島の御隠居さまからです……」

茂吉は、幸吉に手紙を渡した。

「御隠居から……」

幸吉は、戸惑いを浮かべながら手紙を読んだ。

大助さまが、派手な半纏を着た男や浪人と勾引された女を乗せた町駕籠を追い、浅草広小路に向かっている……。

弥平次の手紙は、手短かに書かれていた。

幸吉は驚き、下っ引の勇次を呼んだ。

「はい。何か……」

勇次が現れた。

「うん。秋山の大助さまが勾引しを追って浅草広小路に向かったそうだ。新八や清吉と浅草広小路に急ぎ、大助さまを捜してお手伝いしろ。俺は雲海坊や由松と下谷広小路に向かう」

幸吉は命じた。

「承知……」

勇次は、新八や清吉を従えて浅草広小路に走った。

幸吉は、両国橋の袂で托鉢をしている雲海坊の許に走り、湯島天神《ゆしまてんじん》の参道でしやぼん玉を売っている由松に報せ、一緒に下谷広小路界隈に大助さまを捜せと命じた。

「承知……」

雲海坊は頷き、薄汚れた墨染の衣を翻して湯島天神に走った。

幸吉は、蕎麦屋『藪十《やぶじゅう》』の老亭主長八《ちょうはち》に事の次第を南町奉行所定町廻り同心の神崎和馬に報せるように頼み、下谷広小路に急いだ。

二

浅草広小路は賑わっていた。

派手な半纏を着た紋次は、気を失ったお内儀を乗せた町駕籠を従えて浅草広小路を西に進んだ。

背の高い浪人の加藤は、背後を窺いながら紋次と町駕籠に続いた。

大助は、浅草広小路に連なるお店の軒先を足早に追った。

行き先を見届け、勾引されたお内儀を助ける……。

大助は、足早に追った。

行く手の人混みに、派手な半纏を着た紋次と町駕籠が僅かに見えた。

いた……。

大助は、微かな安堵を覚え、人混み越しに見える派手な半纏を着た紋次と町駕籠を追った。

派手な半纏を着た紋次と町駕籠は、浅草広小路の西の端を抜けて東本願寺《ひがしほんがんじ》に続く道に進んだ。

大助は追った。

刹那、背の高い浪人の加藤が現れ、大助の腕を掴んで路地に引き摺り込もうとした。

「無礼者……」

大助は、腕を掴む背の高い浪人の加藤の手に嚙み付いた。

「わっ……」

背の高い浪人の加藤は驚き、咄嗟に手を引いた。

次の瞬間、大助は背の高い浪人の加藤の股間《こかん》を蹴り上げた。

背の高い浪人の加藤は、人混みに倒れた。

行き交う人々は驚き、悲鳴を上げて後退りをした。

「喧嘩だ、喧嘩……」

人々は騒《ざわ》めいた。

大助は、倒れ込んだ背の高い浪人の加藤に殴り掛かった。

背の高い浪人の加藤は、慌てて起き上がって路地に逃げ込んだ。

大助は、背の高い浪人の加藤を追わず、派手な半纏を着た紋次と町駕籠を追った。


勇次、新八、清吉は、浅草広小路に駆け付け、大助を捜し始めた。だが、行き交う多くの人々の中に大助を見付けるのは、容易な事ではなかった。

勇次、新八、清吉は焦った。

「喧嘩だ、喧嘩……」

行き交う職人たちの話し声が聞えた。

「喧嘩。ちょいと待ってくれ……」

勇次は、慌てて職人たちを呼び止めた。

「えっ……」

「その喧嘩、何処で誰が……」

勇次は、十手を見せた。

「東本願寺に行く道で背の高い浪人と前髪の若い侍だぜ」

「前髪の若い侍……」

「勇次の兄貴……」

「大助さまだ」

「ああ。東本願寺だ……」

勇次は、職人たちに礼を云って浅草広小路を西に急いだ。

新八と清吉は続いた。


派手な半纏を着た紋次は、町駕籠を誘って東本願寺前を新寺町に進んだ。

大助は、行き交う人越しに追った。

行き先を突き止め、勾引されたお内儀を必ず助けてやる……。

大助は追った。


下谷広小路は、東叡山寛永寺や不忍池弁財天の参拝客で賑わっている。

幸吉は、上野新黒門町《しんくろもんちょう》に佇み、広がる下谷広小路を眺めた。

多くの人々が行き交っているが、大助の姿を捜した。

行き交う人の中に、大助の姿は見えなかった。

幸吉は、行き交う人々を見廻した。

「親分……」

雲海坊と由松が、駆け寄って来た。

「おう。御苦労さん……」

幸吉は迎えた。

「いましたか、大助さま……」

雲海坊は尋ねた。

「そいつは未だだ……」

幸吉は、首を横に振った。

「下谷に来れば良いんですがね」

由松は眉をひそめた。

「ああ。とにかく、手分けして捜してみよう」

幸吉は命じた。

「承知……」

幸吉、雲海坊、由松は、下谷広小路の雑踏に散った。

「神崎さま……」

門番は、長八を伴って同心詰所に入って来た。

「おう……」

和馬は、書類を書いていた筆を手にしたまま振り返った。

「懐かしい人がお見えですよ」

門番は、長八を示した。

「和馬の旦那……」

長八は会釈をした。

「おう。長八、久し振りだな。どうした……」

和馬は笑い掛けた。

「何、大助が……」

久蔵は眉をひそめた。

「はい。で、向島の御隠居が柳橋に報せ、皆が出払ったので、長八が報せに来てくれました……」

和馬は、庭先に控えている長八を示した。

「そいつは、御苦労だったな、長八。達者にしていたかい……」

久蔵は、笑い掛けた。

「は、はい。お陰さまで……」

長八は、戸惑いを浮かべた。

「して、柳橋の皆は、大助を捜しに行ったのか……」

「はい。向島の御隠居も……」

「和馬、向島の御隠居を捜し、勾引しについて詳しく訊き、追ってみるんだ」

久蔵は命じた。

「心得ました。じゃあ……」

和馬は、久蔵の用部屋を出た。

「じゃあ、あっしも……」

長八は、立ちあがろうとした。

「待ちな、長八。今、茶を淹れるぜ……」

久蔵は笑った。

派手な半纏を着た紋次は、町駕籠を連れて山下から下谷広小路の隣りの道を南に進んだ。

大助は、慎重に追った。

派手な半纏を着た紋次と町駕籠は、下谷同朋町《どうぼうちょう》の角を西に曲がり、下谷広小路の西の端を進んだ。

大助は、派手な半纏を着た紋次と町駕籠を追い、下谷広小路の西の端を湯島天神裏門坂道に向かった。

由松が雑踏から現れ、大助の背後に付いた。

「大助さま……」

由松は、囁き掛けた。

大助は振り返り、由松だと気が付いた。

「あっ。由松さん……」

大助は、微かな安堵を過ぎらせた。

「あの町駕籠ですか……」

由松は、派手な半纏を着た紋次と先を行く町駕籠を示した。

「はい。勾引したお内儀さんを何処に連れて行くのか、見届けようかと……」

大助は告げた。

「そうですか。やあ、金八《きんぱち》さん……」

由松は、湯島天神下同朋町のお店の軒下で店を開いていた行商の鋳掛《いかけ》屋の金八に挨拶をし、派手な半纏を着た紋次と町駕籠を追った。

大助は続いた。

派手な半纏を着た紋次と町駕籠は、湯島天神裏の切通しを本郷に向かった。

大助と由松は追った。

「大助さま、あっしが先に……」

「はい。お願いします」

由松は、大助の前に進んだ。

大助は、緊張を解いて小さな吐息を洩らした。

勇次、新八、清吉は、新寺町から山下を抜けて下谷広小路にやって来た。

下谷広小路は賑わっていた。

「よし。三手に別れて広小路を西の上野新黒門町に進み、小間物屋の紅屋《べにや》の前で落ち合う」

勇次は命じた。

「合点です」

新八と清吉は頷いた。

勇次、新八、清吉は三手に別れ、下谷広小路の雑踏に大助を捜しながら西に進んだ。

「おう。勇次……」

幸吉は、人混みを来る勇次に気が付いた。

「親分……」

勇次は、幸吉に気が付き、駆け寄った。

「大助さまは……」

「未だだ。新八や清吉も来ているのか……」

「はい。大助さま、東本願寺の手前で浪人と揉めていましてね。おそらくこっちだろうと思いまして。親分の方は……」

勇次は尋ねた。

「そいつが、雲海坊や由松と捜しているんだが、未だだ……」

幸吉は、微かな苛立ちを見せた。

「親分、勇次……」

雲海坊がやって来た。

「おう。いたか、大助さま……」

幸吉は訊いた。

「今、行商の鋳掛屋の金八さんに逢ったんですが、由松が前髪立ちの若い侍と切通しの方に向かって行ったと……」

雲海坊は報せた。

柳橋の者たちは、後から来る者や捜す者の為に自身番や木戸番、茶店や露店の知り合いに出来るだけ己の顔を見せるようにしていた。

「由松が大助さまと一緒に切通しに……」

幸吉は眉をひそめた。

「親分……」

勇次は急いた。

「うん。雲海坊、俺と勇次は先に行く。新八と清吉を連れて来い」

「雲海坊さん、新八や清吉とは、西の上野新黒門町の小間物屋の紅屋の前で落ち合う事になっています」

勇次は告げ、幸吉と湯島天神裏門坂道に急いだ。

「おう。心得た……」

雲海坊は、上野新黒門町の小間物屋に向かった。


切通しに行き交う人は少なかった。

派手な半纏を着た紋次は、町駕籠を従えて切通しを本郷に進んだ。

由松は、充分に距離を取って慎重に尾行た。

大助は、由松に続いた。

刹那、切通しの木陰から背の高い浪人の加藤が現れ、大助に鋭く斬り掛かった。

大助は、咄嗟に刀を抜いて加藤の刀を打ち払った。

「小僧、お前も執念深い奴だな……」

加藤は、嘲りを浮かべた。

「黙れ。勾引し……」

大助は、加藤を睨み付けた。

派手な半纏を着た紋次と町駕籠、由松の姿は見えなくなった。

「おのれ……」

加藤は、猛然と大助に斬り掛かった。

大助は、加藤と必死に斬り結んだ。

加藤は、体格の劣る大助を体当たりで突き飛ばした。

大助は、突き飛ばされて仰向けに倒れた。

「小僧、此れ迄だ」

加藤は、嘲笑を浮かべて刀を振り翳した。

刹那、呼子笛が鳴り響き、幸吉と勇次が駆け付けて来た。

加藤は怯んだ。

「大助さま……」

「親分、勇次さん、勾引しです」

大助は怒鳴った。

「おのれ……」

加藤は、刀を構え直した。

勇次は、目潰しを投げた。

目潰しは加藤の胸元に当たり、灰色の粉を撒《ま》き散らした。

加藤は、目潰しの灰色の粉に塗《まみ》れ、慌てて逃げ去った。

勇次は追った。

「大助さま……」

幸吉は、大助に駆け寄った。

「助かりました、親分……」

大助は、大きく息を吐いた。

「怪我はありませんか……」

「はい。大丈夫です」

大助は頷き、立ちあがった。

「親分、大助さま……」

勇次が駆け戻って来た。

「逃げられたか……」

「はい……」

勇次は、悔し気に頷いた。

「由松さんが、勾引されたお内儀さんを乗せた町駕籠を追っています」

大助は報せた。

「よし。此のまま追い掛けますよ」

幸吉は決めた。

「はい……」

大助は頷き、幸吉や勇次と共に派手な半纏を着た紋次と町駕籠、そして由松を追って切通しを本郷に向かって走った。


派手な半纏を着た紋次と町駕籠は、切通しから本郷の通りに出た。そして、本郷の通りを横切り、北ノ天神真光寺《しんこうじ》門前町の道を御弓町《おゆみちよう》に進んだ。

由松は、門前町の茶店の店先の掃除をしている老亭主に声を掛けた。

「やあ。父っつあん、達者ですかい……」

「おう。忙しそうだな、由松っつあん……」

老亭主は、掃除をしながら由松を見送った。

由松は、派手な半纏を着た紋次と町駕籠を追い続けた。

柳橋の船宿『笹舟』は、神田川から吹き抜ける微風に暖簾を揺らしていた。

「やあ。柳橋はいるかな……」

和馬が訪れた。

「此れは、いらっしゃいませ。和馬の旦那……」

女将のお糸が奥から出て来た。

「女将、柳橋の先代、御隠居は来なかったかな……」

「来ましたよ」

「やっぱり。して……」

「本郷の大黒堂って薬種問屋に行くって水道橋迄、猪牙を仕立てましたよ」

お糸は告げた。

「本郷の薬種問屋大黒堂……」

和馬は眉をひそめた。

「はい……」

お糸は頷いた。

「よし、女将。俺も猪牙で水道橋迄行けないかな……」

和馬は頼んだ。

幸吉、勇次、大助は、切通しから本郷の通りに出た。

「さあて、どっちに行ったかな……」

幸吉は、本郷の通りの左右を眺めた。

本郷の通りの左右に、由松たちの姿は見えなかった。

「ちょいと訊いて来ます」

勇次は、本郷の通りを渡った処にある北ノ天神真光寺門前町の茶店に走った。

幸吉と大助は、茶店の老亭主に何事か訊いている勇次を見守った。

茶店の老亭主は、御弓町を指差して勇次に何事かを告げた。

「大助さま……」

幸吉は、大助を促して本郷の通りを渡った。

「親分、由松は御弓町の方に行ったそうです」

勇次は報せた。

「うん。助かったぜ、父っつあん……」

幸吉は、茶店の老亭主に礼を云って御弓町に足早に進んだ。

大助と勇次は続いた。


薬種問屋『大黒堂』は、本郷菊坂町にあった。

弥平次は、薬種問屋『大黒堂』の暖簾を潜った。

店の中には、様々な薬の匂いが入り混じって漂っていた。

弥平次は、老番頭の宗兵衛《そうべえ》に己の素性を告げ、お店者の持っていた手拭いを見せた。

宗兵衛は、手拭いを検めた。

「はい。此の手拭いは手前共がお得意さまや店の者に配った物ですが……」

宗兵衛は、斬られた手代の持っていた手拭いを手にして戸惑った。

「やはり。で、今日、此の大黒堂の方で向島の弘福寺に行った方はいませんか……」

「……」

弥平次は尋ねた。

「は、はい。おりますが……」

「何方です……」

「はい、今日は先の旦那さまの月の命日なので、お内儀のおきぬさまが手代の佐《さ》吉《きち》をお供に行っていますが……」

薬種問屋『大黒堂』のお内儀のおきぬと手代の佐吉……。

弥平次は、勾引されたお内儀らしき女と斬られたお店者の素性を知った。

老番頭の宗兵衛は、不安を滲ませた。

「弘福寺の山門前で、お店のお内儀さんらしい女が勾引され、お供のお店者が斬られましてね……」

弥平次は告げた。

「ええっ。お内儀のおきぬさまが勾引されてお供の佐吉が斬られた」

老番頭の宗兵衛は愕然とした。

「おそらく……」

弥平次は頷いた。

「番頭さん、お内儀のおきぬさんか此の大黒堂、誰かに恨みを買っているって事はありませんか……」

「恨みですか……」

「ええ……」

「大黒堂は去年の春、旦那さまを病で亡くし、お内儀さまと手前共で何とかやって来たのですが、恨みを買うような事は……」

老番頭の宗兵衛は首を捻った。

「そうですか。ですが、お内儀さんが勾引され、手代の佐吉が斬られたのは、おそらく間違いないのですよ……」

弥平次は、厳しい面持ちで告げた。

三

派手な半纏を着た紋次と町駕籠は、水戸藩江戸上屋敷の横を抜けて江戸川に架かる中ノ橋を渡った。そして、江戸川沿いの道を西に進んだ。

由松は尾行た。

派手な半纏を着た紋次は、町駕籠を誘って小日向《こひなた》の馬場の傍を抜けて石切橋の袂、牛込水道町にある板塀に囲まれた大きな家の木戸門に向かった。

派手な半纏を着た紋次は、閉められた木戸門を叩いて名を告げた。

「紋次だ……」

二人の三下が、木戸門を開いた。

紋次は、町駕籠を促して木戸門を潜った。

二人の三下は、警戒の眼差しで辺りを見廻して木戸門を閉めた。

「紋次か……」

由松は見届け、短い吐息を洩らした。


幸吉、勇次、大助は、由松の残した僅かな手掛かりを辿《たど》り、江戸川に架かっているる中ノ橋迄来た。

幸吉と勇次は、中ノ橋の袂に大助を残して聞き込みに走った。

大助は、中ノ橋の袂に佇んで江戸川の流れを眺めた。

江戸川の流れは煌めいていた。

「大助さま……」

雲海坊が、新八や清吉とやって来た。

「あっ。雲海坊さん、新八さん、清吉さん……」

大助は、顔を輝かせた。

「御無事でしたかい……」

雲海坊は笑い掛けた。

「お陰さまで。面倒を掛けて済みません……」

大助は、頭を下げて詫びた。

「いえ。で、うちの親分と勇次の兄貴は……」

新八は尋ねた。

「派手な半纏を着た奴らと由松さんを捜しに江戸川沿いの道の西と東に……」

「よし、新八、清吉……」

雲海坊は命じた。

「合点です」

新八と清吉は、江戸川沿いの道を西と東に走った。

板塀に囲まれた大きな家は潰れた料理屋であり、今の持ち主は神田佐久間町の質屋の旦那だった。だが、実際に住んでいるのは、何処かの隠居だと噂されていた。

隠居の身許や素姓は分からない。だが、浪人や博奕打ちらしい奴もおり、真っ当な者じゃあないのは確かだ。

由松は読んだ。

板塀に囲まれた家は、町駕籠が帰って行った後は誰の出入りもなく、静けさに覆われていた。

由松は見張った。

「おう。由松……」

幸吉がやって来た。

「親分……」

「此処か……」

幸吉は、板塀に囲まれた大きな家を眺めた。

「はい。潰れた料理屋で持ち主は神田佐久間町の質屋。ですが、住んでいるのは得体の知れぬ隠居と派手な半纏の野郎、紋次って名前の奴と浪人や博奕打ちらしき奴らです」

由松は報せた。

「そうか、御苦労だったな……」

幸吉は、由松を労った。

「親分、由松さん……」

新八が駆け寄って来た。

本郷菊坂町の薬種問屋『大黒堂』は、医者や行商人たちが薬を仕入れに訪れ、賑わっていた。

弥平次は、薬種問屋『大黒堂』から出て来た。

「やあ。御隠居……」

和馬がやって来た。

「こりゃあ、和馬の旦那……」

弥平次は、戸惑いを浮かべた。


薬種問屋『大黒堂』の斜向かいの蕎麦屋は空いていた。

和馬と弥平次は、『大黒堂』の見える窓辺に座り、蕎麦を手繰《たぐ》っていた。

「そうか。勾引されたのは薬種問屋大黒堂のお内儀おきぬ、斬られたのは手代の佐吉か……」

和馬は知った。

「はい。二人は今日、病で亡くなった旦那の月の命日で向島の弘福寺に墓参りに行っています。おそらく間違いないでしょう」

弥平次は頷いた。

「うむ。して、大黒堂の番頭の宗兵衛、お内儀のおきぬが勾引されたのをどう云っているのだ」

和馬は尋ねた。

「そいつが、大黒堂もお内儀のおきぬさんも恨まれている覚えはないと……」

弥平次は眉をひそめた。

「ま、本人たちが覚えがなくても、恨まれているって事は、幾らでもあるからな……」

和馬は、蕎麦を啜った。

「ええ。お内儀のおきぬさんは後添《のちぞ》えでしてね。勾引してどんな事を云ってくるのか……」

弥平次は、厳しい面持ちで告げた。

「うむ。金か、それとも他の何かを要求してくるのか……」

和馬は眉をひそめた。

「ま、大助さまの追跡が上首尾に終われば、下手人も勾引しの理由も分かりますがね……」

弥平次は読んだ。

「うむ。さあて、大助さまの追跡、どうなっているのか……」

和馬は、窓の外に見える薬種問屋『大黒堂』を眺めた。

薬種問屋『大黒堂』には客が出入りしていた。


牛込水道町、江戸川に架かる石切橋の袂にある板塀に囲まれた元料理屋は、幸吉、雲海坊、由松、勇次、新八、清吉、大助たちによって包囲された。

幸吉は、清吉を南町奉行所に走らせた。

「さあて、大助さま、いろいろ御苦労さまでした。後はあっし共がやりますので、どうぞお引き取りになって下さい」

幸吉は、大助に告げた。

「とんでもない、親分。途中で手を引いたら父上に怒られます。お願いですから、最後迄手伝わせて下さい」

大助は頼んだ。

「ですが……」

幸吉は困惑した。

「決して邪魔はしません。後ろに引っ込んで、使い走りでも何でもします。お願いです、親分……」

大助は、懸命な面持ちで頼んだ。

「ならば、大助さま。あっしと一緒にいて親分の指図でしか動かないと約束しますか……」

雲海坊は、助け船を出した。

「分かりました、雲海坊さん。必ずそうします。約束します」

大助は、頭を下げて頼んだ。

「親分……」

雲海坊は、幸吉に頷いて見せた。

「そうですか。じゃあ、雲海坊と表の見張りに就いて下さい」

幸吉は苦笑した。そして、由松と新八を聞き込みに走らせ、裏を勇次、表を自分と雲海坊、大助が見張る事にした。

刻が過ぎた。

大きな家の木戸門が開き、派手な半纏を着た紋次が出て来た。

幸吉、雲海坊、大助は、物陰から見守った。

「じゃあ、気を付けて、紋次の兄貴……」

門番の三下が木戸門を閉めた。

「おう……」

紋次は、油断なく辺りを見廻し、江戸川沿いの道を中ノ橋に向かった。

「よし。雲海坊、紋次の野郎を追ってくれ」

幸吉は命じた。

「承知……」

雲海坊は紋次を追った。

「親分、じゃあ俺も……」

大助は、雲海坊に続こうとした。

「大助さまは紋次の野郎に面が割れています。あっしと一緒に此処の見張りです」

幸吉は苦笑した。

南町奉行所の用部屋の庭先には、木洩れ日が揺れていた。

「秋山さま、柳橋の身内の清吉にございます」

小者が、清吉を伴って来た。

「おう。御苦労だな……」

久蔵は、用部屋から濡れ縁に出て来て清吉に笑い掛けた。

「いえ……」

清吉は緊張した。

「して、勾引しの奴らの根城を突き止めたか……」

久蔵は尋ねた。

「はい。牛込水道町にある潰れた料理屋です」

「牛込水道町の潰れた料理屋か。して、誰が住んでいるんだ」

「それが、持ち主は神田佐久間町の質屋ですが、住んでいるのは何処かの隠居だとか……」

清吉は告げた。

「何処かの隠居か……」

久蔵は苦笑した。

木洩れ日は煌めいた。

「彦六屋《ひころくや》に正木屋《まさきや》、それに丸籠屋《まるかごや》の三軒ですか……」

神田佐久間町の自身番の店番は、町内にある三軒の質屋の名を告げた。

「その三軒の質屋で牛込水道町の潰れた料理屋を買い取った質屋、何処か分かりますかね」

新八は尋ねた。

「さあて、そこ迄は知らないなあ……」

店番は首を捻った。

「そうですか……」

新八は落胆した。

由松と新八は、潰れた料理屋の持ち主の質屋から住んでいる隠居に迫ろうとしていた。

「じゃあ、その三軒の質屋の旦那に博奕好きって云うか、山っ気のある旦那はいませんかね……」

由松は尋ねた。

「博奕好きの旦那ですか……」

店番は眉をひそめた。

「ええ……」

「だったら丸籠屋の旦那ですかね……」

「丸籠屋の旦那……」

「ええ。博奕好きだって噂、聞いた事がありますよ」

店番は囁いた。

「そうですか。いや、御造作をお掛け致しました」

由松は、笑みを浮かべて礼を云った。

派手な半纏を着た紋次は、江戸川に架かる中ノ橋を渡り、水戸藩江戸上屋敷の裏手を抜けて本郷に向かった。

雲海坊は尾行した。

紋次は、本郷に入って明地《あきち》を抜けて菊坂町に進んだ。

菊坂町に何しに行く……。

雲海坊は追った。

弥平次と和馬は、蕎麦屋の店内から薬種問屋『大黒堂』を見張っていた。

派手な半纏を着た紋次がやって来た。

「あいつ……」

弥平次は、紋次に気が付いて眼を輝かせた。

「知っている奴か……」

和馬は訊いた。

「ええ。勾引しの一味の野郎ですぜ」

弥平次は笑った。

「やっと来たか……」

和馬は、紋次を見守った。

「ええ。さあて、何が狙いで勾引したのか……」

弥平次は眉をひそめた。

紋次は、薬種問屋『大黒堂』の周囲を油断なく見廻した。

薬種問屋『大黒堂』に不審はない……。

紋次は見定め、薬種問屋『大黒堂』の暖簾を潜った。

和馬と弥平次は、蕎麦屋を出た。

「御隠居、和馬の旦那……」

雲海坊は、蕎麦屋から出て来た弥平次に驚き、駆け寄って来た。

「おう。雲海坊……」

弥平次と和馬は迎えた。

「此処で何を……」

雲海坊は戸惑った。

「勾引しに遭ったお店のお内儀、此の薬種問屋大黒堂のお内儀のおきぬさんだ」

弥平次は、紋次の入った薬種問屋『大黒堂』を示した。

「えっ。そうなんですか。じゃあ、紋次の野郎、脅しに来たのか……」

雲海坊は眉をひそめた。

「おそらくな。して、雲海坊。勾引しの一味の根城、突き止めたのか……」

和馬は尋ねた。

「はい。牛込水道町は江戸川に架かっている石切橋の袂の潰れた料理屋でして、幸吉の親分たちが見張っています」

雲海坊は報せた。

「石切橋の袂の潰れた料理屋か……」

「はい……」

「で、大助さまは……」

弥平次は、身を乗り出した。

「最後迄やりたいと、幸吉の親分と一緒にいますよ」

「そうか。幸吉と一緒か……」

幸吉なら大助に危ない真似はさせない……。

弥平次は、満面に安堵を滲ませた。

「はい……」

雲海坊は微笑んだ。

「よし。じゃあ、和馬の旦那、紋次の野郎が何しに来たのか、番頭の宗兵衛さんにちょいと探りを入れて来ますか……」

弥平次は、和馬に訊いた。

「頼む……」

和馬は頷いた。

「じゃあ……」

弥平次は、和馬と雲海坊を残して薬種問屋『大黒堂』に向かった。


「お邪魔しますよ……」

弥平次は、薬種問屋『大黒堂』の店土間に入った。

「あっ、御隠居さん……」

老番頭の宗兵衛が、弥平次に駆け寄った。

「来ましたね……」

「はい。来ました。紋次って人がお内儀さまの事で話があるとやって来ました」

宗兵衛は、緊張に声を微かに震わせた。

「で、何と……」

「お内儀のおきぬさまを無事に帰して欲しければ、取り敢えず二百両を渡せと……」

宗兵衛は眉をひそめた。

「取り敢えず二百両……」

弥平次は、微かな怒りを過ぎらせた。

〝取り敢えず〟とは、未だまだ続きがあると云う事だ。

「はい……」

「で、二百両、用意出来るのですか……」

弥平次は尋ねた。

「は、はい。それは今、何とか……」

宗兵衛は、紋次を待たせて二百両の金を用意していたのだ。

「そうですか。じゃあ、二百両、用意出来たら大人しく渡してやるんですね」

弥平次は勧めた。

「御隠居さん、お内儀さまは……」

宗兵衛は、不安を露わにした。

「お上が必ず助けますよ」

弥平次は、励ますように笑った。


四半刻（三十分）後。

紋次は、風呂敷包みを抱えて薬種問屋『大黒堂』から出て来た。

「風呂敷包みが脅し取った二百両か……」

和馬は眉をひそめた。

「はい。おそらく、牛込水道町に帰るものかと……」

弥平次は読んだ。

紋次は、浮かぶ笑みを嚙み殺して来た道を戻り始めた。

「じゃあ、あっしが先に……」

雲海坊は追った。

「よし……」

和馬は巻羽織《まきばおり》を脱ぎ、弥平次と共に雲海坊に続いた。

「そりゃあ、手前は博奕好きですが、潰れた料理屋を買う程の大博奕は打ちませんよ」

神田佐久間町の質屋『丸籠屋』の主の辰蔵《たつぞう》は苦笑した。

「そうですか。じゃあ、彦六屋か正木屋のどちらかの旦那ですかね……」

由松は尋ねた。

「きっと、彦六屋の旦那の清兵衛《せいべえ》さんですよ」

辰蔵は告げた。

「彦六屋の清兵衛さん……」

「ええ。彦六屋の清兵衛さん、いろいろ手広くやっていますからねえ」

辰蔵は苦笑した。

「由松さん……」

「ああ……」

由松は、質屋『彦六屋』に行く事にした。

質屋『彦六屋』は、神田佐久間町の外れにあった。

由松と新八は、質屋『彦六屋』の旦那の清兵衛を訪れた。

清兵衛は、由松と新八を店の小部屋に通した。

「で、手前に御用とは……」

清兵衛は、肉付きの良い顔に汗を滲ませて由松と新八に警戒の眼を向けた。

「はい。旦那さまは牛込水道町に家をお持ちでしょうか……」

新八は尋ねた。

「えっ……」

清兵衛は、微かな戸惑いを過ぎらせた。

「牛込水道町の家です……」

新八は、清兵衛に探る眼を向けた。

「ああ。あの潰れた料理屋なら確かに手前が買いましたが、頼まれて代理で買っただけでしてね」

清兵衛は笑った。

「頼まれて代理で……」

新八は眉をひそめた。

「ええ。そいつが何か……」

「じゃあ旦那さま、頼んだのは何処の誰か教えて下さい」

由松は頼んだ。

「さあて、そいつは出来ませんよ」

清兵衛は苦笑した。

「出来ない……」

「ええ。使いの者が手紙と金を持参しましてね。手前は頼まれて代理で潰れた料理屋を買い、それなりの手間賃を頂いた。それだけの商い。頼んだ方が何処の誰かは知りませんよ」

清兵衛は、狡猾な笑みを浮かべた。

「そんな……」

新八は、怒りを滲ませた。

「そうですか、良く分かりましたぜ」

由松は、暗い眼をして笑った。

四

紋次は、二百両の金を持って牛込水道町の潰れた料理屋に戻った。

雲海坊は、木戸門を入って行く紋次を見送った。

「雲海坊……」

幸吉と大助が、物陰から顔を見せた。

雲海坊は頷き、振り返った。

浪人姿の和馬と弥平次が、江戸川沿いの道をやって来た。

雲海坊は、和馬と弥平次を誘って幸吉と大助のいる物陰に来た。

「和馬の旦那、御隠居……」

幸吉は迎えた。

「やあ、柳橋の、大助さま……」

和馬は笑った。

「大助さま、向島から牛込迄、良く追って来ましたね」

弥平次は感心した。

「いえ。皆に助けられてやっとです」

大助は、安心した面持ちで笑った。

「親分、由松です」

雲海坊が、小日向から来る由松を示した。

「和馬の旦那、御隠居……」

由松は、和馬と弥平次に挨拶をした。

「どうだ、何か分かったか……」

幸吉は尋ねた。

「はい。潰れた料理屋を買ったのは、神田佐久間町の質屋彦六屋の主の清兵衛なんですが、清兵衛の奴、誰かに頼まれ代理で買ったと云いましてね。良く分からないと……」

由松は、腹立たし気に吐き棄てた。

「その清兵衛、惚《とぼ》けていやがるな……」

和馬は睨んだ。

「ええ。あっしもそう思って新八を張り付けて来ました」

由松は告げた。

「よし。さあて、どうしますか、和馬の旦那……」

幸吉は、和馬の指図を待った。

「うむ。潰れた料理屋にどんな奴らが何人いるのか、勾引された大黒堂のお内儀おきぬは何処にいるのか。その辺りが分からない限り、踏み込むのは難しいか……」

和馬は、西日を浴びている潰れた料理屋を腹立たし気に眺めた。

「ええ……」

幸吉は頷いた。

「和馬の旦那、親分。何でしたら、あっしがちょいと騒ぎを起こしてみますか……」

雲海坊は笑った。

「じゃあ、雲海坊の兄貴が騒ぎを起こしている間にあっしが忍び込んで、大黒堂のお内儀の居場所を探ってみますか……」

由松は告げた。

「今の処、それしかないか……」

幸吉は眉をひそめた。

「うむ……」

和馬は頷いた。

「よし。じゃあ由松、裏を見張ってる勇次と相談して忍び込むんだな」

幸吉は決めた。

「承知。じゃあ……」

由松は、素早く潰れた料理屋の裏に廻って行った。

「じゃあ、雲海坊……」

幸吉は、雲海坊に頷いて見せた。

「心得ました」

雲海坊は、楽し気な笑みを浮かべ、咳払いをして喉の調子を整えた。

幸吉、和馬、弥平次、大助は見守った。

「では……」

雲海坊は、幸吉たちに合掌して頭を下げ、潰れた料理屋に向かった。

「由松さん、裏木戸の猿は簡単に外れますが、三下が一人、見張っていましてね。表で騒ぎが始まったら行ってくれれば、良いのですが……」

勇次は、潰れた料理屋の裏木戸を見詰めた。

「うん……」

由松は頷き、潰れた料理屋を窺った。


江戸川に雲海坊の読む経が響いた。

雲海坊は、潰れた料理屋の閉められた木戸門の前に佇み、経を読んだ。

和馬、幸吉、弥平次、大助は見守った。

雲海坊は、声を張って経を読んだ。しかし、潰れた料理屋の木戸門は開かなかった。

雲海坊は、尚も声を張り上げて経を読んだ。

三下が潰れた料理屋から現れ、怒気を浮かべて雲海坊に近付いた。

「煩いぞ。糞坊主……」

三下は怒鳴った。

雲海坊は、饅頭笠の下で笑い、一段と声を張り上げて経を読み続けた。

「煩せえ。止めろ……」

三下は、怒りを露わにした。

「どうした、猪吉《いのきち》……」

博奕打ちと浪人が、潰れた料理屋から出て来た。

「止めろと云っているのに、糞坊主、止めねえんですぜ」

猪吉と呼ばれた三下は、博奕打ちと浪人に告げた。

「好い加減にしろ、糞坊主……」

博奕打ちは怒鳴った。

雲海坊は、経を読む声を張った。

「手前《てめえ》……」

猪吉と博奕打ちは怒り、木戸門を開けて外に出て来た。

雲海坊は、大声で経を読んだ。

雲海坊の経と猪吉たちの怒声が聞えていた。

三下は、怪訝な面持ちで裏木戸から離れて表に廻って行った。

「由松さん……」

「うん……」

勇次と由松は、裏木戸に駆け寄って素早く猿を外し、潰れた料理屋の裏庭に忍び込んだ。


由松と勇次は、裏庭から勝手口に進んで台所を覗いた。

台所は使ってはいるが、人はいなかった。

由松と勇次は、忍び込んだ。


台所の奥から、男たちの話し声が聞こえた。

由松と勇次は、板の間に上がって廊下に進んだ。

男たちの話し声は、廊下の向こうの帳場から聞こえていた。

由松と勇次は、男たちのいる帳場を窺った。

帳場では、紋次が大柄な浪人と酒を飲みながら話をしていた。

「二人。隠居らしい奴はいません……」

勇次は囁いた。

「うん。俺は奥の座敷に勾引されたお内儀を捜す。此処で見張っていてくれ」

「承知……」

勇次は頷いた。

由松は、帳場と反対側の廊下に連なる座敷に向かった。

薄暗い廊下に座敷が連なっていた。

由松は窺い、奥に進もうとした。

傍の座敷から物音がした。

由松は、咄嗟に物陰に隠れた。

「どうだい。一筆、書く気になったかい……」

傍の座敷から初老の女の声がした。

「書くもんですか……」

別の女の声がした。

ぴしっ……。

そして、頬を平手打ちする音が鳴った。

「じゃあ、自分がどうなっても良いんだね」

初老の女は、声を怒りに震わせた。

勾引された薬種問屋『大黒堂』のお内儀おきぬがいる……。

由松は見定めた。


雲海坊は経を読み続けた。

猪吉、浪人、博奕打ち、裏を見張っていた三下は、雲海坊の経を止めさせようと突き飛ばした。

雲海坊はよろめいた。

口笛が短く鳴った。

「おのれ、坊主を甚振《いたぶ》りおって、末代迄祟《たた》ってやる」

雲海坊は怒鳴り、薄汚れた衣を翻した。

「何が祟りだ、糞坊主……」

猪吉、浪人、博奕打ち、三下は笑い、潰れた料理屋に戻って行った。

雲海坊は、和馬、幸吉、由松、弥平次、大助の許に戻った。

「御苦労だったな……」

和馬は労った。

「いいえ。こっちは四人……」

雲海坊は告げた。

「料理屋の中には、紋次と大柄な浪人の二人。都合六人だな……」

幸吉は読んだ。

「それに、初老の女が大黒堂のお内儀おきぬさんと一緒にいるようです」

由松は報せた。

「初老の女か……」

弥平次は眉をひそめた。

「ええ。何者ですかね……」

由松は眉をひそめた。

「それにしても、向こうは六人、こっちは五人。どうします」

幸吉は、首を捻った。

「幸吉、俺も人数に入れろ」

弥平次は告げた。

「俺も手伝います」

大助は、勢い込んで弥平次に続いた。

「そうはいきませんよ。御隠居、大助さま」

幸吉は苦笑した。

「おう。此処か、勾引しの奴らの棲家《すみか》は……」

着流しの久蔵が塗笠を被り、清吉に誘われて江戸川に架かる石切橋を渡って来た。

「秋山さま……」

和馬、幸吉、雲海坊、由松、弥平次は迎えた。

大助は、弥平次の背後に佇んでいた。

「やあ、御隠居、御苦労だな」

「いえ……」

「して和馬、どうなっている……」

「はい……」

和馬は、情況と勾引し犯が二人の浪人と博奕打ちの四人の計六人であり、薬種問屋『大黒堂』のお内儀おきぬが初老の女に見張られている事を報せた。

「そうか……」

久蔵は頷き、赤く染まり始めた西の空を眼を細めて眺めた。

「よし。和馬、柳橋と雲海坊、由松、清吉、それに俺と表から踏み込む。御隠居は御苦労だが、勇次と裏から入り、お内儀のおきぬを助け出してくれ」

久蔵は手配りをした。

「心得ました……」

和馬、幸吉、雲海坊、由松、清吉は頷き、踏み込む仕度を始めた。

「あの、父上、私は……」

大助は、恐る恐る尋ねた。

「大助、お前は御隠居の手伝い。指図に従え」

久蔵は命じた。

「はい。心得ました」

大助は張り切った。

「じゃあ大助さま、裏に行きますよ」

弥平次は、笑顔で促した。

弥平次と大助は、潰れた料理屋の裏に廻って行った。

「よし。日が暮れる前に始末する」

久蔵は、潰れた料理屋に向かった。

和馬、幸吉、雲海坊、由松、清吉は、潰れた料理屋の木戸門に駆け寄り、蹴破った。

「はい……」

前庭にいた三下の猪吉が驚いた。

「此の罰当りが、祟りだ」

雲海坊は、錫杖で猪吉を叩きのめした。

清吉が跳び掛かり、捕り縄を打った。

由松、幸吉、和馬は、潰れた料理屋に踏み込んだ。

雲海坊と久蔵が続いた。

帳場から博奕打ちと浪人が出て来た。

「南町奉行所だ。神妙にお縄を受けろ」

和馬は怒鳴った。
「煩せえ……」
博奕打ちと浪人は刀を抜き、和馬、幸吉、由松に斬り掛かった。
和馬は浪人と十手で渡り合い、幸吉と由松は博奕打ちを捕まえて殴り倒した。
雲海坊は、和馬に斬り掛かる浪人を錫杖で突き飛ばした。
浪人はよろめいた。
和馬は、よろめいた浪人の肩に十手を鋭く叩き込んだ。
久蔵は、帳場に進んだ。

潰れた料理屋から怒声と闘う物音が響いた。
裏木戸から三下が逃げ出して来た。
大助が襲い掛かり、拾った棒切れで激しく打ちのめした。
三下は倒れ、気を失った。
勇次、弥平次、大助は、裏木戸に駆け込み、勝手口から台所に踏み込んだ。
潰れた料理屋の中には、和馬たちと紋次たちの怒声と闘う物音が溢れていた。

勇次、弥平次、大助は、台所の土間から廊下に上がり、薄暗い廊下に走った。

傍の座敷から初老の女が現れ、慌てて戻った。

勇次と弥平次は、追って座敷に入った。


初老の女は、縛り上げたお内儀に匕首を突き付けた。

「寄るな。寄ると、おきぬを突き刺すよ」

初老の女は、声を引き攣らせた。

「薬種問屋大黒堂のお内儀のおきぬさんだね」

勇次は尋ねた。

「はい……」

お内儀のおきぬは頷いた。

「で、お前さん、何者だい……」

弥平次は、初老の女に笑い掛けた。

「おとみです。亡くなった旦那さまがその昔、離縁した前のお内儀のおとみです」

おきぬは叫んだ。

「大黒堂は私の物だ。私の店だ……」

おとみは、髪を振り乱して叫び、おきぬに匕首を振り翳した。

刹那、隣の座敷から大助が現れ、おとみに背後から跳び掛かった。

「離せ、離せ……」

おとみは抗い、暴れた。

大助は、必死におとみを抑え込もうとした。

勇次は、おとみから素早く匕首を取り上げて張り倒した。

弥平次は、お内儀のおきぬの縄を解いた。

お内儀のおきぬは、深々と溜息を吐いた。

「御苦労でした。大助さま……」

弥平次は労い、笑った。

「は、はい……」

大助は、乱れた息を整えた。

久蔵、和馬、幸吉、雲海坊、由松、清吉は、紋次と大柄な浪人を取り囲んだ。

「秋山さま、大黒堂のお内儀おきぬさん、無事に助けました」

勇次が現れ、包囲に加わった。

「よし。さあて、誰に頼まれての勾引しかな」

久蔵は、紋次と大柄な浪人に笑い掛けた。

「黙れ……」

大柄な浪人は、久蔵に鋭く斬り付けた。

久蔵は、抜き打ちの一閃を放った。

甲高い音が鳴り、大柄な浪人の刀は飛んで天井に突き刺さって胴震いをした。

大柄な浪人は、呆然と立ち尽くした。

紋次は、匕首を棄てた。

幸吉、雲海坊、由松、勇次、清吉は、大柄な浪人と紋次に捕り縄を打った。

薬種問屋『大黒堂』お内儀おきぬ勾引しの一件は終わった。


夜。

大助は、八丁堀岡崎町の秋山屋敷に帰った。

表門の前には、与平と太市が心配そうな面持ちで大助の帰りを待っていた。

「やあ、与平の爺ちゃん、太市さん……」

大助は、与平と太市に駆け寄った。

「遅かったですね、大助さま……」

太市は眉をひそめた。

「ええ。詳しい事は後で話しますが、いろいろありましてね。そうだ、爺ちゃん、約束の土産の長命寺の桜餅……」

大助は、懐の奥から潰れて形の変わった桜餅の包みを取り出し、与平に差し出した。

「此の与平に土産とは。やはり、大助さまは賢くてお優しい。おお、此の桜餅、新しい形の桜餅ですか……」

与平は、潰れた桜餅を喜んだ。

「それから太市さん、父上は勾引しの始末でちょいと遅くなるそうです」

大助は告げた。

「はい。えっ……」

太市は戸惑った。

大助のお使いは、漸く終わった。

長いお使いだった……。

潰れた料理屋に住んでいる隠居とは、薬種問屋『大黒堂』の亡くなった旦那の先妻のおとみだった。

おとみは、金遣いや人使いが荒く、十年前に『大黒堂』の為にならぬと、旦那から離縁されていた。

おきぬは、その五年後に貰った後添えであり、おとみは『大黒堂』を乗っ取られたと逆恨みをした。そして、おきぬを勾引し、薬種問屋『大黒堂』を譲るとの証文を書けと迫っていたのだ。

「それにしても、大黒堂から離縁されたおとみ一人でやった事なのかな……」

久蔵は眉をひそめた。

「そいつが、驚いた事におとみの実家は神田佐久間町の質屋彦六屋でした」

和馬は告げた。

「ならば、おとみは……」

「はい。おとみは質屋彦六屋清兵衛の姉でして、清兵衛は先程、お縄に致しました」

「成る程。彦六屋清兵衛、姉のおとみに薬種問屋大黒堂を乗っ取らせようとしたか……」

久蔵は睨んだ。

「はい。そして、何《いず》れは己の物にする魂胆だったそうです」

和馬は報せた。

「馬鹿な真似をしやがって……」

久蔵は吐き棄てた。

「それにしても秋山さま。大助さま、中々の働きでした」

和馬は笑った。

「そうか。それなら良いが……」

久蔵は苦笑した。

庭先を吹き抜けた微風は、久蔵の鬢の解れ毛を揺らした。

第四話

籠り者

一

女の悲鳴が浜町堀《はまちょうぼり》に響き渡った。

元浜町の自身番から番人、店番、家主が通りに飛び出した。

向かい側にある木戸番屋の店先では、印半纏《しるしばんてん》を着た若い職人が木戸番の女房おしんに匕首を突き付け、家の奥に引き摺り込もうとしていた。

行き交う人は、不意の出来事に驚いて立ち竦んでいた。

「何をしやがる……」

自身番の番人の千吉《せんきち》と店番の藤助《とうすけ》は、駆け寄ろうとした。

「来るな……」

印半纏を着た若い職人は、おしんの喉元に匕首を突き付けて怒鳴った。

藤助と千吉、そして家主の勘三郎《かんざぶろう》は怯んだ。

「それ以上、近付くとおかみさんをぶっ殺す。ぶっ殺すぞ……」

印半纏を着た若い職人は喚いた。

「た、助けて、助けて下さい……」

おしんは、匕首を突き付けられて声を震わせた。

「おしんさん……」

千吉は、呆然と見守った。

「何の真似だ……」

藤助は、恐る恐る尋ねた。

「おしん……」

木戸番の利平《りへい》が、出先から血相を変えて戻って来た。

「お、お前さん……」

おしんは踠《もが》いた。

「動くな……」

印半纏を着た若い職人は、おしんの喉元に匕首を突き付けた。

おしんは凍て付いた。

「頼む。おしんを助けてくれ。何でもするからおしんを助けてくれ。お願いだ」

利平は、頭を下げて頼んだ。

「だったら呼べ。さっさと役人を呼べ……」

印半纏を着た若い職人は、怒鳴った。

「役人を……」

利平、千吉、藤助、勘三郎は、戸惑いを浮かべた。

「ああ。役人だ。おかみさんを助けたければ月番の南町奉行所の役人共をさっさと呼ぶんだ……」

印半纏を着た若い職人は怒鳴り、おしんに匕首を突き付けて木戸番屋の奥に引き摺り込んでいった。

「おしん……」

利平は、呆然と立ち尽くした。

「何をしているんです、藤助さん。早く南町奉行所に報せなさい」

家主の勘三郎は、緊張に声を引き攣らせた。

「は、はい……」

店番の藤助は、慌てて南町奉行所に走った。

「千吉、木戸番屋に人が近付かないようにするんです」

家主の勘三郎は、番人の千吉に命じた。

「はい……」

千吉は、木戸番屋を恐ろし気に見て囁き合っている人々に立ち去るように頼み始めた。

「利平、自身番に……」

勘三郎は、利平を促した。

「は、はい……」

利平は、自身番の戸口に佇み、通りを挟んで向かい側にある木戸番屋を心配そうに窺った。


浜町堀元浜町の自身番の店番の藤助は、南町奉行所の八文字に開かれた表門に息を鳴らして駆け込んだ。

若い職人が、浜町堀元浜町の木戸番のおかみさんを人質にして立て籠った……。

南町奉行所吟味方与力秋山久蔵に報せは届いた。

「よし、和馬、一帯を封鎖し、柳橋に報せろ」

久蔵は、定町廻り同心の神崎和馬に命じた。

「心得ました」

和馬は、岡っ引の柳橋の幸吉の許に使いの小者を走らせ、捕り方たちを従えて浜町堀元浜町に急いだ。


浜町堀元浜町の木戸番屋は、店先で渋団扇《しぶうちわ》、草鞋《わらじ》、炭団《たどん》などの荒物を売っており、奥に利平おしん夫婦の暮らす部屋があった。

浜町堀元浜町の木戸番屋は、駆け付けた和馬の手配りで南町奉行所の捕り方たちに包囲された。

「和馬の旦那……」

柳橋の幸吉が、下っ引の勇次を従えて駆け付けて来た。

「おお。柳橋の……」

「木戸番屋に閉じ籠り者ですか……」

幸吉は眉をひそめた。

「ああ。仔細はこれからだ……」

「じゃあ、勇次。新八と清吉を連れて木戸番屋の裏手を固めな」

　幸吉は命じた。

「承知……」

　勇次は、裏手に廻って行った。

「じゃあ……」

「うん……」

　和馬と幸吉は、自身番に急いだ。


　自身番は、一畳程の玉砂利の軒下に上り框《かまち》、三畳の畳敷きの部屋とやはり三畳程の板の間二間の狭いものだった。

　玉砂利には、突棒《つくぼう》、袖搦《そでがらみ》、刺又《さすまた》の捕り物三道具、鳶口《とびぐち》、纏《まとい》、提灯などがあり、奥の板の間の板壁には、捕らえた者を繋ぐ鉄の環があった。そして、自身番には家主が二人、店番が二人、番人が一人の五人番とされていたが、中には略して三人番があった。

　浜町堀元浜町の自身番は、三人番だった。

　和馬と幸吉は、元浜町の自身番の勘三郎と番人の千吉に様子を尋ねた。

「はい。印半纏を着た若い奴、おしんさんを引き摺り込んだまま時々顔を出し、役人は未だ来ないかと、怒鳴りましてね……」

勘三郎は眉をひそめた。

「おしんを無事に帰して欲しければ、金を用意しろとかは……」

和馬は尋ねた。

「そいつが、金の事は何も云わないんですよ」

勘三郎は首を捻った。

「じゃあ、他には……」

「何も要求しないんですよ」

勘三郎は困惑した。

「何も要求しない……」

和馬は戸惑った。

「はい……」

勘三郎は頷いた。

「じゃあ、印半纏を着た若い奴、何の為におしんを人質にして立て籠ったんですかね」

幸吉は眉をひそめた。

「神崎さま、あいつは南の御番所のお役人さまが来るのを待っているのかもしれません」

木戸番の利平は告げた。

「ならば、俺には云うかもしれないか……」

「はい。神崎さま、おしんを助けて下さい。お願いでございます。助けてやって下さい」

利平は、和馬に深々と頭を下げた。

「和馬の旦那……」

幸吉は促した。

「よし……」

和馬は、自身番を出て木戸番屋の前に進んだ。

幸吉、利平、勘三郎、藤助、千吉は、喉を鳴らして見守った。

和馬は、木戸番屋の店先に進んだ。

「止まれ……」

木戸番屋の奥から若い男の声がした。

和馬は立ち止まった。

「私は南町奉行所定町廻り同心の神崎和馬だ。何故の閉じ籠りかしれぬが、おしんを早々に解き放て……」

和馬は告げた。

「煩い。おかみさんを助けたければ、湯島天神門前町にある天神《てんじん》一家の博奕打ち、巳之吉《みのきち》を連れて来い」

印半纏を着た若い職人は、家の中から怒鳴った。

「天神一家の巳之吉だと……」

和馬は、思わぬ要求に戸惑い、訊き返した。

「そうだ。天神一家の巳之吉だ。早く行って連れて来い。さもなけりゃあ、おかみさんをぶっ殺すぞ」

印半纏を着た若い職人は、苛立ちを滲ませて怒鳴った。

「よし、分かった。湯島天神門前町の天神一家の巳之吉だな……」

「そうだ。巳之吉だ。巳之吉を連れて来れば、おかみさんは無事に帰してやる」

印半纏を着た男は告げた。

「そいつは分かったが、おかみさんのおしんは無事なんだろうな」

和馬は尋ねた。

「ああ……」

「私は無事です。は、早く巳之吉を。お願いします」

おしんの声がした。

「分かった、おしん。出来るだけ早く巳之吉を連れて来る。もう少しの辛抱だ」

和馬は、自身番に戻った。


「御苦労さまでした……」

幸吉、利平、勘三郎、藤助、千吉は、戻って来た和馬を迎えた。

「うん。聞いての通りだ。柳橋の、間もなく秋山さまがお見えになる筈だ。俺は天神一家の巳之吉を連れて来る」

「じゃあ、勇次と新八を連れて行って下さい」

幸吉は告げた。

「そいつはありがたい……」

和馬は笑った。

「神崎さま、何分にも宜しくお願いします」

利平は頭を下げた。

「うむ。ではな……」

和馬は、木戸番屋の裏を見張っていた勇次と新八を従えて湯島天神門前町に急いだ。

「おう。どうかな……」

久蔵は現れた。

「これは秋山さま……」

幸吉、利平、勘三郎、藤助、千吉は迎えた。

「うむ……」

久蔵は、上り框に腰掛けて向かい側の木戸番屋を眺めた。

木戸番屋は静けさに覆われていた。

「どうぞ……」

番人の千吉は、茶を淹れて久蔵に差し出した。

「忝い。さあて、柳橋の、和馬はどうした……」

久蔵は、木戸番屋を眺めながら茶を啜り、幸吉に尋ねた。

和馬は、勇次や新八と浜町堀から神田川沿いの柳原《やなぎわら》通りに向かった。そして、柳原通りから神田八つ小路に抜け、神田川に架かる昌平橋を渡り、湯島天神門前町に急いだ。

湯島天神門前町に博奕打ちの貸元、天神の牛五郎《うしごろう》の店があった。

「此処ですね……」

新八は、天神と書かれた提灯が鴨居に連なる店土間を覗いて報せた。

「うん。和馬の旦那……」

「よし。巳之吉の野郎、愚図ぐず云ったら縄を打って引き立てる」

和馬は告げた。

「心得ました」

勇次と新八は、それぞれ十手と萬力鎖を握り締めて頷いた。

「よし……」

和馬、勇次、新八は、天神一家の店土間に入った。

「御免よ。誰かいるかな……」

新八は、店土間の奥に叫んだ。

「只今、只今……」

三下が、台所に続く土間から出て来た。

「こりゃあ、旦那……」

三下は、巻羽織の和馬に気が付いて腰を屈めて揉み手をした。

「南町奉行所の神崎の旦那だ。お前は……」

勇次は、十手を突き付けた。

「へ、へい。寅七《とらしち》です……」

「寅七、巳之吉はいるか……」

和馬は尋ねた。

「えっ。いえ、巳之吉の兄貴は今……」

寅七は狼狽えた。

「出掛けておりますが……」

小柄な年寄りが、用心棒の浪人を従えて居間から框に出て来た。

「お前は……」

「貸元の牛五郎ですが……」

小柄な年寄りの牛五郎は、皺《しわ》の中の小さな眼を狡猾に光らせた。

「そうか、お前が天神の牛五郎か……」

和馬は、牛五郎の名前と見た目の余りの違いに小さく笑った。

「巳之吉が何か仕出かしましたかい……」

牛五郎は、和馬の小さな笑いに潜むものに気が付き、暗い眼をした。

「うん。ちょいと訊きたい事があってな。巳之吉、何処に行っているんだい」

和馬は、牛五郎を見据えた。

「さあて、何処に行っているのか……」

牛五郎は、薄笑いを浮かべた。

「分からないか……」

「ええ。巳之吉も忙しいですからね」

牛五郎は知っていて惚けている……。

和馬は睨んだ。

「そうか。だったら牛五郎、代わりにお前に来て貰おうか、大番屋《おおばんや》に……」

和馬は笑い掛けた。

「何……」

牛五郎は、微かに狼狽えた。

用心棒の浪人は、牛五郎を庇うように進み出た。

「嘗《な》めるんじゃあねえ」

刹那、和馬は怒鳴り、浪人の鳩尾に十手を叩き込んだ。

浪人は、思わず鳩尾を抱えた。

和馬は、前のめりになった浪人の襟首を摑み、框から引き摺り落した。

浪人は、鳩尾を抱えて店土間に倒れた。

勇次と新八が蹴り飛ばした。

浪人は、苦しく呻《うめ》いて気を失った。

牛五郎と寅七は、容赦のない和馬たちに身震いした。

「さあて牛五郎、大番屋に来て貰おうか……」

和馬は笑った。

「だ、旦那。巳之吉、今時は情婦《おんな》の処です……」

牛五郎は、嗄れ声を引き攣らせた。

「情婦の処だと……」

「はい……」

牛五郎は頷いた。

「よし。情婦は何処だ……」

「根津権現門前町の……」

牛五郎は話そうとした。

「分かった。寅七、お前に案内して貰おう」

和馬は、三下の寅七に命じた。

「えっ。あっしですか……」

寅七は戸惑った。

「ああ。寅七、お前だ……」

和馬は笑った。


屋根船の船頭の操る棹から飛び散る水飛沫《みずしぶき》は、浜町堀に煌めいた。

元浜町の木戸番屋は、静けさに覆われていた。

久蔵は、自身番の框に腰掛け、静かな木戸番屋を眺めていた。

三畳の狭い部屋には、幸吉、勘三郎、利平、藤助、千吉が緊張した面持ちで詰めていた。

「静かだな……」

久蔵は、小さな笑みを浮かべた。

「はい……」

幸吉は、木戸番屋を眺めた。

「処で利平……」

「は、はい……」

利平は、驚いたように久蔵を見た。

「おしんを人質に取り籠った印半纏の若い男、何処の誰か知らないのだな」

「はい。存じません……」

利平は、微かな怯えを過ぎらせた。

「そうか。柳橋の……」

「はい……」

幸吉は、久蔵の傍に躙《にじ》り寄った。

久蔵は、躙り寄った幸吉に何事かを囁いた。

「はい……」

幸吉は頷いた。

「じゃあ……」

久蔵は、框から立ち上がり、脇差を腰から抜き、大刀と一緒に幸吉に渡した。

「お預かり致します」

「うむ。ではな……」

久蔵は、自身番を出て木戸番屋に向かった。

幸吉は見送り、それとなく勘三郎、藤助、千吉、利平を窺った。

勘三郎、藤助、千吉は、困惑した面持ちで囁き合っていた。

利平は、木戸番屋に行く久蔵を不安そうに見ていた。


久蔵は、木戸番屋の店先に佇み、笑った。

二

「どうした。博奕打ちの巳之吉、連れて来たか……」

印半纏を着た若い職人の声が、木戸番屋から投げ掛けられた。

「いや。未だだ……」

久蔵は告げた。

「だったら、何の用だ……」

「お前、何処の何者だい……」

久蔵は、姿を見せない印半纏を着た若い職人に笑い掛けた。

「煩い。そんな事はどうでもいいだろう」

若い職人は苛立った。

「だったら、権兵衛か……」

「権兵衛……」

「ああ。名無しの権兵衛の権兵衛だ」

久蔵は苦笑した。

「違う。俺は名無しの権兵衛じゃあない。文吉《ぶんきち》だ……」

若い職人は怒鳴った。

「そうか、文吉か……」

「ああ……」

「文吉、おしんに変わりはないのだろうな」

久蔵は尋ねた。

「ああ。おかみさんに変わりはねえ」

「本当か……」

「本当です。私に変わりはありません」

おしんの声がした。

「そいつは良かった。おしん、食べる物はあるのか……」

久蔵は尋ねた。

「は、はい。大丈夫です」

おしんは告げた。

「そうか。ならば、もう暫くの辛抱だ」

久蔵は、笑みを浮かべて自身番に戻った。


「秋山さま……」

幸吉は、自身番に戻って来た久蔵に大小を差し出した。

「うむ……」

久蔵は、脇差を腰に差し始めた。

「柳橋の……」

「はい……」

久蔵は、幸吉に何事かを囁いた。

不忍池には水鳥が遊んでいた。

和馬、勇次、新八は、三下の寅七を連れて不忍池の畔を根津権現に向かっていた。

和馬は、勇次と新八に目配せをして立ち止まった。

勇次と新八は、三下の寅七の背後を塞《ふさ》いだ。

「な、何ですか……」

三下の寅七は、戸惑いと怯えを滲ませた。

「寅七、巳之吉、印半纏の若い職人に恨みを買っているようだが、お前、心当たりはないかい……」

和馬は、寅七を厳しく見据えた。

「印半纏の若い職人ですか……」

寅七は、微かに狼狽えた。

「ああ。心当たり、あるのだな」

和馬は決め付けた。

「えっ……」

「寅七、惚けるのも好い加減にしな。お前も叩けば埃《ほこり》の舞う身体。強請集《ゆすりたか》りに騙《かた》りに人買い。それに強盗《たたき》に人殺し。好きなのを選ぶんだな。旦那に頼んで好きな罪を着せてやるぜ」

勇次は嘲笑した。

「じょ、冗談じゃあねえ……」

寅七は、恐怖に震えた。

「だったら、心当たりをさっさと話しな」

新八は促した。

「へ、へい。巳之吉の兄貴、賭場に出入りする博奕好きの大工の留吉《とめきち》におきよって器量好しの娘がいるのに目を付けましてね。如何様《いかさま》博奕を仕掛けて借金を作らせ、その形《かた》におきよを無理矢理に身売りさせたんです。で、父親の留吉は首を括《くく》り……」

寅七は、覚悟を決めて話し始めた。

「首を括った……」

和馬は眉をひそめた。

「はい。ですから、巳之吉の兄貴を恨んでいる若い職人は、首を括った大工の留吉とおきよって娘に拘りのある者かと……」

寅七は項垂れた。

「そうか……」

「和馬の旦那。閉じ籠りの若い職人、巳之吉を町奉行所に捜させ、無理矢理に身売りさせられたおきよを助けようとしているんじゃあないですかね」

勇次は読んだ。

「かもしれないな……」

和馬は頷いた。

「でしたら神崎の旦那。巳之吉を締め上げて、早くおきよの居場所を突き止めなければ……」

新八は眉をひそめた。

「ああ。よし、寅七、巳之吉の処だ」

和馬は、厳しい面持ちで寅七を促した。

風が吹き抜け、不忍池に幾つかの小波が走った。

雲海坊と由松は、幸吉の指図で浜町堀に連なる元浜町を始めとした町に聞き込みを掛けた。

元浜町の木戸番の利平おしん夫婦の評判は良く、悪く云う者は殆《ほとん》どいなかった。

雲海坊と由松は、利平おしん夫婦に就いて聞き込みを続けた。

利平とおしんは、四十歳前後の夫婦であり、子供はいなかった。

その暮らし振りは、木戸番の給金と荒物屋の僅かな売り上げによる質素なものだった。

由松は、近所の魚屋に聞き込みを掛けた。

「いつも鰯《いわし》を二匹の二人分だけ。他の物は一切買わずですよ」

魚屋は笑った。

「夫婦二人だ。二匹で充分だろう」

由松は苦笑した。

「ええ。ま、そうなんですが。そう云えば昨日は鯵《あじ》の干物も買ったな」

魚屋は首を捻った。

「鯵の干物……」

「ええ、鰯が二匹の他に鯵の干物を一枚。客でも来たのかな……」

魚屋は笑った。

「鯵の干物が一枚に客……」

由松は眉をひそめた。


浜町堀に荷船が行き交った。

雲海坊は、堀端にある茶店の縁台に腰掛けて茶を啜っていた。

「もう、おかみさんのおしんさんとは、昔からの知り合いでしてねえ……」

茶店の大年増の女将は、茶を飲む雲海坊に告げた。

「そうか。おかみさん、おしんさんって云うのかい、気の毒に……」

「ええ。亭主の利平さんと真面目に働いてきたけど、商売が上手く行かなくて。漸く元浜町の木戸番に落ち着いて五年ぐらいかな。子供が出来なかったから兄さんの娘を我が子のように可愛がってさ。うん……」

大年増の女将は、自分の言葉に頷いた。

「兄さんの娘……」

「ええ。その兄さんってのが、陸《ろく》でなしでね」

大年増の女将は、眉をひそめた。

「陸でなし……」

雲海坊は訊き返した。

「ええ。おかみさんが流行り病で死んだ時も酒や博奕に現を抜かしていた大馬鹿ですよ」

大年増の女将は、腹立たし気に吐き棄てた。

「へえ。おしんさんの兄貴、そんな陸でなしですが……」

雲海坊は呆れた。

「ええ。だからおしんさん、兄さんの娘を哀れみ、可愛がっていましてねえ。そんな、優しいおしんさんが取り籠り者の人質になるなんて、気の毒過ぎますよ……」

大年増の女将は、滲む涙を前掛けで拭った。

「そうだねえ……」

雲海坊は頷き、温《ぬる》くなった茶を啜った。

根津権現門前町の外れに、博奕打ち巳之吉の情婦の営む飲み屋はあった。

「あの、外れの飲み屋です……」

三下の寅七は、外れにある小さな飲み屋を指差した。

「よし。寅七、貸元の牛五郎が呼んでいると、巳之吉を呼び出せ」

和馬は命じた。

「えっ。あっしがですか……」

寅七は、巳之吉の仕返しを恐れた。

「心配するな、寅七。巳之吉がお縄になれば、死罪か島流しだ」

和馬は苦笑した。

「旦那、本当ですね」

寅七は、和馬に縋る眼差しを向けた。

「ああ。約束する。行け……」

和馬は、寅七を促した。

「は、はい……」

寅七は、重い足取りで小さな飲み屋に向かった。

「よし。勇次、新八……」

和馬は、勇次と新八を従えて小さな飲み屋の腰高障子の両脇に潜んだ。

僅かな刻が過ぎた。

「貸元、何だ、急用ってのは……」

男の声がした。

巳之吉だ……。

和馬、勇次、新八は、身構えた。

「さあ。あっしはそこ迄、聞いちゃあいませんでして。じゃあ、姐さん……」

寅七の声がした。そして、腰高障子を開けて背の高い男が出て来た。

巳之吉……。

新八は、潜んでいた腰高障子の脇から巳之吉の脚に萬力鎖を放った。

巳之吉は、萬力鎖に脚を取られて声を上げて倒れた。

勇次は、倒れた巳之吉に襲い掛かり、十手で滅多打ちにした。

巳之吉は、頭を抱えて悲鳴を上げた。

新八は、巳之吉に馬乗りになって捕り縄を打った。

「博奕打ちの巳之吉だな」

和馬は、巳之吉を見据えた。

「ああ……」

巳之吉は、血と泥に汚れた顔で頷いた。

「巳之吉、大工の留吉の娘のおきよは何処に身売りさせた……」

和馬は尋ねた。

「し、知るか、そんな事……」

巳之吉は不貞腐《ふてくさ》れた。

刹那、和馬の平手打ちに巳之吉の頬が鋭く鳴った。

「何しやがる……」

巳之吉は、和馬を睨み付けた。

「巳之吉、何だったら、お裁きを待たず、お上に手向かったとして始末しても良いんだぜ……」

和馬は、巳之吉に薄く笑い掛け、刀の鯉口《こいぐち》を切った。

「や、谷中《やなか》だ。おきよは谷中は新茶屋町の松木楼《まつきろう》だ……」

巳之吉は項垂れた。

「谷中は新茶屋町の松木楼か。嘘偽りはないな……」

和馬は、念を押した。

「ああ……」

巳之吉は観念した。

「よし。勇次、巳之吉は俺と新八が元浜町に連れて行く。お前は谷中に走り、松木楼の親方におきよは如何様博奕の借金の形だから、南町奉行所の役人が来る迄、おきよに指一本触れるなと伝えろ」

根津権現門前町から谷中新茶屋町は、遠くはない。

「は、はい……」

「愚図ぐず云ったら、俺の名前でも秋山さまの名前でも出すが良い……」

和馬は命じた。

「心得ました」

勇次は頷き、谷中新茶屋町に走った。

「さあ、新八。巳之吉の野郎を元浜町に急いで連れて行くぜ」

和馬は告げた。

「合点です。さあ、立て、巳之吉……」

新八は、巳之吉を引き摺り立たせた。

元浜町の木戸番屋は西日に照らされた。

久蔵は、自身番の框に腰掛けて木戸番屋を眺めていた。

木戸番屋の静寂は続いていた。

日暮れ迄には始末する……。

久蔵は決め、木戸番の利平を窺った。

木戸番の利平は、番人の千吉の手伝いをしていた。

落ち着いている……。

女房のおしんが取り籠り者の人質にされている割には、利平は落ち着いていた。

久蔵は苦笑した。

「秋山さま……」

幸吉が現れ、久蔵の前に控えた。

「どうした……」

「雲海坊と由松がいろいろ聞き込んで来ました……」

幸吉は囁いた。

「聞かせて貰おう……」

久蔵は、幸吉を促した。

「はい……」

幸吉は、雲海坊と由松が聞き込んで来た事を囁き始めた。

おしんが鯵の干物を一枚多く買った事……。

おしんの兄が陸でなしで、姪を我が子のように可愛がっている事……。

幸吉は報せた。

「そうか。やはり、只の取り籠りじゃあないようだな」

久蔵は、小さな笑みを浮かべた。


谷中新茶屋町は感応寺《かんのうじ》門前にあり、女郎屋に遊びに来た客で賑わっていた。

勇次は、女郎たちが顔見せをしている籬《まがき》の連なりの前を通り、女郎屋『松木楼』の暖簾を潜った。

勇次は、女郎屋『松木楼』の男衆に十手を見せ、親方の平左衛門《へいざえもん》に逢いたいと告げた。

女郎屋『松木楼』の親方平左衛門は、勇次を居間に通した。

禿頭で肥った平左衛門は、縁起棚を背にして長火鉢の前に座っていた。

「やあ、松木楼の平左衛門だが……」

「あっしは、岡っ引の柳橋の幸吉の身内で勇次と申します」

勇次は、名と素姓を告げた。

「ほう。柳橋の親分の。で、用ってのは……」

「はい。此方に天神一家の博奕打ち、巳之吉がおきよって娘を連れて来ていますね」

勇次は、平左衛門を見据えて尋ねた。

「あ、ああ。おきよならうちに年季奉公をしたよ」

「で、店には……」

「未だ十六歳でね。何も知らないので、ちょいと根岸の御隠居さまの処に奉公に行かせる事にしましたよ」

平左衛門は笑った。

「根岸の御隠居さまとは……」

勇次は眉をひそめた。

「うちの御贔屓《ひいき》の旗本の御隠居さまでね。おきよにいろいろ仕込んで貰いますよ」

平左衛門は笑った。

「いろいろ仕込む……」

「ええ。で、用ってのは……」

平左衛門は、勇次に促した。

「はい。おきよの背負った借金は、父親が博奕打ちの巳之吉の如何様博奕に嵌《は》められて作ったものでしてね」

「へえ。そうなんですか……」

平左衛門は、知らぬ様子で勇次を見据えた。

惚けている……。

勇次は、平左衛門は知っていると読んだ。

「はい。で、もし、そうならおきよの借金は帳消し、年季奉公は白紙に戻るので、おきよに指一本触れるなと……」

「誰が云っているんだい……」

平左衛門は、勇次の言葉を遮った。

「えっ……」

「誰が云ったのか、訊いているんだよ」

平左衛門は、僅かな怒気を過ぎらせた。

本性を見せて来た……。

勇次は、腹の内で笑った。

「はい。南町奉行所吟味方与力の秋山久蔵さまにございます」

勇次は、平左衛門を見据えて告げた。

「秋山久蔵さま……」

平左衛門は眉をひそめた。

「はい……」

勇次は頷いた。

平左衛門は、秋山久蔵の恐ろしさを知っている……。

勇次は睨んだ。

「でしたら、秋山さまには御隠居と直に話して頂きましょうか……」

平左衛門は、狡猾な笑みを浮かべた。

「御隠居と直に……」

勇次は、微かな戸惑いを浮かべた。

「ああ。今日の暮六つ(午後六時)。御隠居はおきよを連れにお見えになる。その時にでも……」

平左衛門は、勇次の出方を窺った。

「分かりました。秋山さまには直ぐに報せます。その前におきよに逢わせて貰いますぜ……」

勇次は、平左衛門を見据えた。


日の当たらない湿った古い部屋には、客と女郎の嬌声《きょうせい》と笑い声が響いていた。

地味な姿のおきよは、部屋の隅に座ってじっと俯いていた。

「こっちだよ……」

遣り手婆さんが襖《ふすま》を開け、勇次が入って来た。

おきよは、俯いたまま身を固くした。

「お前さんが、大工の留吉さんの娘のおきよちゃんかい……」

「えっ……」

おきよは、怪訝な面持ちで顔を上げた。

「おきよちゃんだね……」

「は、はい……」

「あっしは、下っ引の勇次って者だが、おきよちゃんには、親しくしている印半纏を着た若い職人はいないかな……」

勇次は尋ねた。

「親しくしている若い職人……」

「うん……」

「おります……」

おきよは頷いた。

「いる。そいつは何て奴かな……」

勇次は眉をひそめた。

「文吉さんです。お父っつあんと一緒に働いていた大工の文吉さんですが……」

「文吉……」

印半纏を着た若い職人は大工の文吉……。

勇次は知った。

「あの。文吉さんが何かしたんですか……」

おきよは、不安を過ぎらせた。

三

浜町堀に櫓の軋《きし》みが響いた。

元浜町の自身番の裏に騒めきが起こった。

「秋山さま……」

自身番の框に腰掛けていた久蔵の許に幸吉がやって来た。

「来たか……」

「はい。裏に……」

幸吉は、久蔵を自身番の裏に誘った。

自身番の裏には、新八が縄を打った巳之吉を引き据えていた。

「おう。御苦労だったな。和馬、新八……」

久蔵は、和馬と新八を労い、引き据えられている巳之吉を見据えた。

「此奴が博奕打ちの巳之吉か……」

久蔵は、巳之吉を厳しく見据えた。

巳之吉は怯え、項垂れた。

「はい。秋山さま、どうやら取り籠りの若い職人は、此の巳之吉に如何様博奕で借金を作り、娘を形に取られて首を括った大工の留吉に拘りのある者のようです」

和馬は、留吉の娘のおきよの事などを久蔵に報せた。

「成る程、そう云う訳か……」

「はい……」

「よし。和馬、新八、巳之吉を木戸番屋の前に引き立てろ」

久蔵は命じた。

和馬と新八は、巳之吉を木戸番屋の前に引き立てた。

「天神一家の巳之吉を連れて来たぜ」

久蔵は、木戸番屋に告げた。

印半纏を着た若い職人は、おしんに匕首を突き付けて木戸番屋の奥から出て来た。

「おう。注文通り、巳之吉だ……」

和馬は、巳之吉を引き据えた。

「巳之吉……」

若い職人は、憎しみと殺意に溢れた眼で引き据えられている巳之吉を睨み付けた。

「約束は守った。お前は文吉だな」

和馬は告げた。

「ああ。俺は文吉だ……」

印半纏を着た若い職人は、文吉と名乗った。

「よし。文吉、巳之吉に何用だ」

和馬は尋ねた。

「おきよちゃんだ。おきよちゃんは何処にいる。何処に連れて行った」

文吉は怒鳴った。

「おきよちゃんか。巳之吉の如何様博奕の借金の形に取られた大工留吉の娘だな」

和馬は念を押した。

「ああ。巳之吉、おきよちゃんは何処にいる……」

「谷中だ……」

巳之吉は、嗄れ声を引き攣らせた。

「谷中……」

文吉は眉をひそめた。

「ああ。谷中だ、谷中の女郎屋だ……」

巳之吉は告げた。

「巳之吉、手前《てめえ》、ぶち殺してやる……」

文吉は、怒りを露わにし、匕首を構えて巳之吉に突進した。

巳之吉は、逃げようとした。

和馬と新八は、巳之吉を押さえた。

文吉は突進した。

久蔵が踏み込み、文吉を捕まえた。

「離せ。離してくれ。巳之吉をぶち殺して留吉の父っつあんとおきよちゃんの恨みを晴らさせてくれ」

文吉は、喚き抗った。

久蔵は、抗う文吉の匕首を奪い、横面を平手打ちにした。

文吉は、その場に崩れた。

「文吉、此処で巳之吉を殺《や》ったら、おきよを助ける事は出来ないぜ」

久蔵は告げた。

「お、お役人……」

文吉は、久蔵に戸惑った眼を向けた。

「和馬……」

久蔵は、和馬を促した。

「はい。文吉、巳之吉は、おきよを父親の借金の形に谷中新茶屋町の女郎屋松木楼に年季奉公に出し、支度金を受け取った」

「じゃあ、おきよちゃんはその松木楼に……」

文吉は、怒りに声を震わせた。

「ああ。で、勇次って者がおきよの身柄を押さえに松木楼に走った」

和馬は告げた。

「えっ……」

文吉は混乱した。

「文吉、俺は此れから谷中に行く。お前は閉じ籠りを止め、後は俺たちに任せ、大番屋で大人しく待っているんだな」

久蔵は命じた。

「お、お役人さま……」

文吉は、久蔵に縋る眼を向けた。

「いいな……」

久蔵は笑い掛けた。

「お願いです。おきよちゃんを、おきよちゃんを助けてやって下さい」

文吉は、久蔵に頭を下げた。

「うむ。和馬、文吉を大番屋にな」

「はい……」

「柳橋の。木戸番の利平とおしん夫婦から眼を離すな」

久蔵は、それとなく命じた。

「承知しました」

幸吉は頷いた。

「よし。雲海坊、由松……」

久蔵は呼んだ。

「はい……」

雲海坊と由松が現れた。

「谷中に行く。一緒に来な……」

「はい。それから今し方、勇次から使いが来ました……」

由松が、久蔵に結び文を差し出した。

久蔵は、結び文を読んだ。

「よし。急ぐぜ」

久蔵は結び文を読み終え、雲海坊と由松を従えて谷中に急いだ。

谷中感応寺の伽藍《がらん》は夕陽に映えた。

おきよは、窓辺に座って夕陽に照らされた感応寺を眺めていた。

涙が溢れ、頬を伝って落ちた。

勇次は見守った。

部屋の外には、客と女郎の笑い声や三味線の爪弾《つまび》きが洩れていた。

「おう。開けますぜ……」

男衆の声がし、襖が開いた。

おきよは、身を固くした。

二人の男衆が入って来た。

「そろそろ暮六つだ。親方がお呼びだぜ」

男衆が告げた。

おきよは、哀し気に項垂れた。


勇次とおきよは、夕陽の差し込んでいる居間の隅に座った。

「さあて、勇次さん。南の御番所の秋山久蔵さま、お見えになりませんねえ」

平左衛門は、長火鉢の前に座って勇次に笑い掛けた。

「未だ暮六つの鐘は鳴っちゃあいない……」

勇次は、焦りを滲ませた。

「鳴った時は終りだ……」

平左衛門は嘲笑した。

「親方……」

男衆が、戸口にやって来た。

「おう。何だ……」

「根岸の御隠居さまがお見えになりました」

　男衆は報せた。

　おきよは、思わず身を縮めた。

「そうか。じゃあ、座敷にお通しして、ちょいと待って貰いな」

「畏《かしこ》まりました」

　男衆は立ち去った。

「さあて、おきよ。根岸の御隠居さまがわざわざ迎えに来てくれたよ」

　平左衛門は、おきよに笑い掛けた。

　おきよは震えた。

　鐘の音が響き始めた。

　感応寺の暮六つを報せる鐘の音だ。

　勇次は緊張した。

　鐘の音は響き渡った。

「さあて、どうやら秋山久蔵さまは、お見えにはならないようだな」

　平左衛門は、嘲りを浮かべた。

「もう少し、もう少し待ってくれ……」

勇次は頼んだ。

「冗談じゃあない。今迄、待たせて貰っただけでも、ありがたく思うんだな」

平左衛門は、冷たい眼を向けた。

「まったくだ……」

久蔵が入って来た。

「秋山さま……」

勇次は、安堵を浮かべた。

「勇次、御苦労だったな」

久蔵は労った。

「いえ……」

「お前が如何様博奕の借金の形にされたおきよかな……」

久蔵は、おきよに笑い掛けた。

「はい……」

おきよは頷いた。

「あの……」

平左衛門は眉をひそめた。

「お前が松木楼の親方の平左衛門か……」

久蔵は、平左衛門を見据えた。

「は、はい……」

「私は南町奉行所吟味方与力の秋山久蔵だ。天神一家の博奕打ちの巳之吉が、大工留吉に如何様博奕で借金を作らせ、娘のおきよを形として女郎屋松木楼の平左衛門に売ったと白状してね」

久蔵は、平左衛門を厳しく見据えた。

「巳之吉が……」

平左衛門は、戸惑いを浮かべた。

「うむ。平左衛門、知っての通り、人の売り買いは天下の御法度……」

久蔵は、平左衛門を厳しく見据えた。

「あ、秋山さま……」

平左衛門は、怯えを滲ませた。

「年季奉公と見せ掛けた人買いは、御法度破りの重罪。そのような事、私が云わずとも女郎屋の主なら篤《とく》と承知の筈……」

久蔵は、平左衛門に笑い掛けた。

「は、はい。良く存じております……」

平左衛門は、恐怖に震えた。

「ならば、おきよ……」

「はい……」

「お前が松木楼にいる理由はない……」

「あ、秋山さま……」

おきよは、戸惑いと喜びを交錯させた。

「うむ。勇次、おきよを伴い、早々に松木楼を立ち退くのだな」

久蔵は命じた。

「承知しました。さあ、おきよちゃん……」

勇次は、おきよを促して店土間に向かった。

「は、はい……」

おきよは、平左衛門に会釈をして勇次に続いた。

二人の武士が、勇次とおきよの前に立った。

勇次は、おきよを後ろ手で庇った。

「お侍さま方は……」

勇次は、懐の十手を握り締めて二人の武士に警戒の眼を向けた。

「おきよは我らが主の屋敷に奉公する約束だ。その身柄を渡して貰おう」

二人の武士は告げた。

「秋山さま……」

勇次は、久蔵に声を掛けて身構えた。

久蔵が、居間から出て来た。

「おぬしたちの主が何処の何方かは知らぬが、おきよの奉公する約束が正しいものかどうかは、南町奉行所で仔細に吟味した上で決める……」

久蔵は、二人の武士を見据えた。

「しかし……」

「不服とあれば、南町奉行所に主の名で申立書を出されるが良い……」

久蔵は、不敵な笑みを浮かべた。

「主の名で申立書……」

二人の武士は狼狽えた。

「もう良い……」

頭巾を被った小柄な老人が背後に現れ、苛立たし気に吐き棄てて店土間に降り、松木楼から足早に出て行った。

二人の武士は慌てて続いた。

店の外にいた雲海坊は、頭巾を被った小柄な老人と二人の武士を追った。

久蔵は見送り、笑みを浮かべた。

「よし、勇次……」

久蔵は促した。

「はい……」

勇次は、おきよを促して店土間に降り、外へ向かった。

男衆の一人が行く手を遮った。

刹那、背後に現れた由松が、行く手を遮った男衆を振り向かせて鉄拳を嵌めた拳で殴り飛ばした。

殴られた男衆は、口元から血を飛ばして壁に叩き付けられた。

松木楼は揺れた。

殴られた男衆は、気を失って倒れ込んだ。

「余計な真似はするんじゃあねえ……」

由松は、男衆を鋭く見廻した。

男衆は怯んだ。

勇次は、おきよを伴って松木楼を出た。

由松は続いた。

「よし。此れ迄だ。平左衛門、お上の裁きが下る迄、神妙にしているんだ。下手に逃げ隠れすれば、容赦はしない……」

久蔵は、平左衛門に笑い掛けた。

谷中新茶屋町の女郎屋の連なりには明かりが灯され、籬の女郎たちを品定めする客たちで賑わった。


根岸の里を流れる石神井《しゃくじい》用水は、月明かりに煌めいていた。

頭巾を被った小柄な老人は、二人の武士の持つ提灯の明かりに誘われて感応寺横の芋坂《いもざか》を下り、石神井用水に架かる小橋を渡った。

石神井用水の流れの先は根岸の里だ……。

雲海坊は、提灯を手にして進む頭巾の老人一行を追った。

「狒々爺《ひひじじい》が……」

孫のような娘を女中奉公させ、手籠《てご》めにでもして妾にする魂胆だったのか……。
雲海坊は読んだ。
狒々爺が何処の誰か突き止めてやる……。
雲海坊は、石神井用水沿いを行く頭巾の老人一行を追った。
根岸の里だ。
頭巾の老人一行は、石神井用水沿いに建つ板塀を廻した大きな家に入って行った。
雲海坊は見届けた。
さあて、名前と素姓を突き止めてやる……。
雲海坊は、楽しそうに眼を輝かせて笑った。
石神井用水は月明かりに輝き、寝静まった根岸の里を静かに流れた。
水鶏《くいな》の鳴き声が甲高く響いた。
雲海坊は驚き、思わず首を竦めた。

四

元浜町木戸番屋取り籠りは、死人や怪我人を出さずに終った。

印半纏を着た大工の文吉は、閉じ籠り者として大番屋の仮牢に繋がれた。

人質となったおしんは、亭主の利平と木戸番としての勤めに戻った。

博奕打ちの巳之吉は、文吉同様に大番屋の仮牢に繋がれた。

そして、おきよは柳橋の船宿『笹舟』に留め置かれた。


燭台の火は、辺りを淡く照らした。

久蔵は、和馬と幸吉を屋敷に招いて酒を酌み交わした。

「御苦労だったな……」

久蔵は、酒の満ちた猪口《ちょこ》を掲げて飲んだ。

「頂きます」

和馬と幸吉は、久蔵に続いた。

久蔵は、手酌で酒を飲み始めた。

「さあて、どうする……」

久蔵は、和馬と幸吉に笑い掛けた。

「秋山さま……」

和馬は、戸惑いを浮かべた。

「和馬、文吉の取り籠り、どうやら狂言のようだ」

久蔵は、酒を飲んだ。

「狂言……」

和馬は驚いた。

「和馬の旦那、おきよは木戸番の利平の女房おしんの姪っ子らしいのです」

幸吉は告げた。

「おしんの姪……」

和馬は眉をひそめた。

「はい。おきよの死んだ父親は、おしんの兄だそうでして……」

「おしんは、取り籠りの前に自分たち夫婦の食べる物の他にもう一人分を買っていた」

久蔵は、手酌で酒を飲んだ。

「もう一人分。秋山さま、そいつが文吉の分だと……」

和馬は読んだ。

「おそらくな……」

久蔵は頷いた。

「もしそうだとしたら、此の取り籠り、我々を動かす為に……」

和馬は睨んだ。

「仕組んだ狂言。違うかな……」

久蔵は苦笑した。

「旦那さま……」

太市がやって来た。

「おう……」

「雲海坊さんがお見えです」

「おお、通してくれ」

「はい……」

「それから太市、急ぎ雲海坊の膳と酒を用意してくれ」

「心得ました」

太市は立ち去り、雲海坊がやって来た。

「御苦労だったな。ま、入ってくれ」

「はい……」

「して、分かったか……」

「はい。頭巾を被った年寄りは、根岸の里の別邸に住んでいる旗本麻生《あそう》家の隠居の白翁《はくおう》さまでした」

雲海坊は、頭巾を被った老人の名と素姓を突き止めて来た。

「旗本麻生家隠居の白翁か……」

久蔵は、冷笑を浮かべた。

燭台の火は揺れた。


大番屋の詮議場は薄暗くて冷たく、刺又、袖搦、寄棒などの捕り物道具と鞭や抱き石算盤などの責め道具があった。

博奕打ちの巳之吉は、恐ろしそうに見廻した。

「さあ、座りな……」

和馬と幸吉は、巳之吉を久蔵の腰掛けている框の前の筵に引き据えた。

巳之吉は、恐怖に震えた。

「さあて、巳之吉。大工留吉を如何様博奕に嵌めて、借金を作らせたのは間違いないな」

和馬は、巳之吉に問い質した。

「は、はい……」

巳之吉は項垂れた。

「そいつは、留吉の娘、十六歳のおきよを借金の形に身売りをさせる為だな」

和馬は、厳しく告げた。

「いえ。それは……」

巳之吉は、抗弁しようとした。

「ならば何故、貧乏大工の留吉に如何様博奕を仕掛けたのだ」

久蔵は苦笑した。

巳之吉は口籠った。

「借金を返せないと知っていて、何故だ……」

和馬は、厳しく巳之吉を見据えた。

「それは……」

「最初から娘のおきよに身売りさせる魂胆だった……」

和馬は、鞭を振った。

鋭い音が短く鳴った。

巳之吉は、思わず身を縮めた。

「そうだな……」

和馬は、巳之吉の肩に鞭を押し当てた。

「はい……」

巳之吉は、恐怖に激しく震えながら頷いた。

久蔵は苦笑した。

「巳之吉、そいつは谷中新茶屋町女郎屋松木楼の平左衛門も知っての事だな」

「はい。平左衛門の親方に、御贔屓の御隠居さまが生娘が御所望なので、都合してくれと云われ……」

巳之吉は、すべては松木楼の主、平左衛門の云い出した事だと云った。

贔屓の隠居とは、根岸の里に住む旗本麻生家の隠居の白翁なのだ。そして、それが元浜町木戸番屋取り籠りの始まりだった。

久蔵、和馬、幸吉は知った。

大工文吉は、詮議場に怯えた様子も見せず、框に腰掛けた久蔵に静かに頭を下げた。

「やあ。文吉、昨夜は良く眠れたか……」

久蔵は、笑い掛けた。

「はい。お陰様で……」

文吉は頷いた。

「おきよも達者にしているよ」

幸吉は教えた。

「そうですか。ありがとうございます」

文吉は、安堵を滲ませて幸吉に会釈をした。

「して、文吉。お前は元浜町の木戸番利平の女房おしんを人質に木戸番屋に取り籠り、博奕打ちの巳之吉を我々に連れて来させようとしたな」

和馬は問い質した。

「はい。左様にございます」

文吉は頷いた。

「そいつは、一人で巳之吉を捕え、おきよの居場所を聞き出すのが大変だと思ったからかな……」

「はい。早くしなければ、おきよちゃんが売り飛ばされる。だから、お役人さまたちに巳之吉を捕えて貰おうと思い、利用しました」

「ならば何故、取り籠り先を元浜町の木戸番屋にしたのだ……」

久蔵は尋ねた。

「そ、それは……」

文吉は云い澱《よど》んだ。

「偶々《たまたま》、元浜町の木戸番屋に取り籠ったか……」

久蔵は苦笑した。

「は、はい。偶々です」

文吉は頷いた。

「そうか。そして、偶々取り籠った木戸番屋の女房のおしんは、偶々おきよの叔母、首を括ったおきよの父親留吉の妹だったか……」

久蔵は、文吉を見据えた。

「あ、秋山さま……」

文吉は狼狽えた。

「文吉、おきよが留吉の借金の形に巳之吉に連れ去られたと聞き、お前はどうした……」

久蔵は訊いた。

「巳之吉の処に行き、おきよは拘りないから返してくれと頼みました。ですが、巳之吉は嘲笑うだけで、おきよなんか知らないと惚け、あっしを殴り蹴り……」

文吉は、悔しさと怒りを滲ませた。

「それで、一人では無理だと思い、おきよの叔母夫婦である利平とおしんに相談した。そして、一刻も早くおきよを助ける為、おしんを人質にして元浜町の木戸番屋に取り籠って役人を使う事にした……」

久蔵は読んだ。

「違う。違います。利平さんとおしんさんは何も知らない、何の拘わりもない。あっしが一人でやった事です。利平さんとおしんさんは何の拘わりもありません」

文吉は訴えた。

「文吉……」

「本当です。秋山さま、取り籠りはあっしが一人でやった事です。利平さんとおしんさんは拘りありません。本当です。あっしが一人でやったんです。信じて下さい」

文吉は、必死に訴えた。

「文吉、我々は事件の探索をして犯人を捕らえるだけが役目ではない……」

「えっ……」

「泣きを見る者を助けるのも役目だ……」

久蔵は告げた。

「秋山さま……」

文吉は、久蔵を見詰めた。

「安心するが良い……」

久蔵は笑った。


清吉は、元浜町の木戸番屋を見張り続けていた。

木戸番屋の店先では、おしんが近所のおかみさんに炭団を売っていた。

「清吉……」

久蔵と幸吉がやって来た。

「秋山さま、親分……」

清吉は、久蔵と幸吉を迎えた。

「どうだ……」

「はい。利平さんは町内の仕事に忙しく、おしんさんはずっと店番をしています」

清吉は、炭団を売っているおしんを示した。

「そうか……」

木戸番屋に利平が戻って来た。

そして、利平を尾行て見張っていた新八が、清吉の許に戻って来た。

「これは秋山さま、親分……」

「利平に変わった事は……」

幸吉は尋ねた。

「取り立てて何もありませんが、良く働く人ですね。利平さん……」

新八は感心した。

「そうか……」

久蔵は頷いた。

谷中新茶屋町の女郎屋街は、昼間から客で賑わっていた。

由松と勇次は、女郎屋『松木楼』を見張っていた。

女郎屋『松木楼』の親方平左衛門は、久蔵に脅されて覚悟を決めたのか、出掛ける事もなく大人しくしていた。

「平左衛門、観念したんですかね」

勇次は笑った。

「勇次、油断はならねえよ」

由松は、女郎屋『松木楼』を見守った。

女郎屋『松木楼』には客が出入りしていた。

饅頭笠を被った二人の雲水が『松木楼』の台所に続く横手の路地から現れ、人混みの中を感応寺脇の芋坂に向かった。

由松は、下谷に行く二人の雲水を見送った。

「どうかしましたか……」

勇次は、戸惑いを滲ませた。

「勇次、追うぜ……」

由松は、二人の雲水を追った。

由松は、芋坂を下りて行く二人の雲水を追った。

「由松さん……」

「勇次、あの雲水の足取り、旅慣れてない素人のものだぜ」

由松は苦笑した。

「えっ。じゃあ……」

勇次は緊張した。

「芋坂から石神井用水沿いを根岸の里に抜け、尚も進んで千住《せんじゅ》の宿から江戸を出るか……」

由松は、女郎屋『松木楼』の親方平左衛門が雲水に化けて江戸から逃げる道筋を読んだ。

「冗談じゃあない。平左衛門の野郎、逃がしてたまるか……」

勇次は、腹立たし気に吐き棄てた。

二人の雲水は、芋坂から石神井用水沿いの小道に出て足早に進んだ。

由松と勇次は追った。

雲水の一人が、足を滑らせて石神井用水に転げ込んだ。

もう一人の雲水が、慌てて無様に跪く雲水を助け上げようとした。

「勇次……」

由松と勇次が駆け寄った。

平左衛門は、饅頭笠を外して岸辺に上がろうと跪いていた。

「やあ、大丈夫かい……」

由松は、笑い掛けた。

「ああ……」

平左衛門は振り返り、由松と勇次に気が付き、驚きの声をあげて仰け反った。

水飛沫が煌めいた。


久蔵は、博奕打ちの巳之吉と女郎屋『松木楼』の平左衛門を人買いの罪で遠島の刑に処した。そして、旗本麻生家当主に隠居白翁の乱行を告げ、度を越すと評定所に報せる事になると告げた。麻生家当主は、慌てて隠居白翁を屋敷に戻した。

次は大工文吉の仕置……。

久蔵は、文吉を江戸十里四方払の刑に処し、高輪《たかなわ》の大木戸に送った。

高輪の大木戸には、旅姿のおきよが幸吉に伴われて来ていた。

「おきよちゃん……」

文吉は、おきよに気が付いて呆然と立ち尽くした。

「文吉さん……」

おきよは泣いた。

久蔵と幸吉は見守った。

文吉とおきよは、言葉も交わさず泣き続けた。


「小田原辺りで仲良く暮らすのだな……」

久蔵は笑った。

文吉とおきよは、何度も振り返っては頭を下げて旅立った。

久蔵と幸吉は見送った。

「残るは、木戸番の利平とおしん夫婦の仕置ですか……」

幸吉は眉をひそめた。

「柳橋の。利平とおしん夫婦に、姪のおきよは江戸十里四方払いになった文吉と旅立ったと報せてやりな」

「はい……」

「そして二人に文吉おきよの後を追わず、此のまま元浜町の木戸番の仕事を続けるように伝えるんだ」

「秋山さま……」

幸吉は、顔を綻《ほころ》ばせた。

「そいつが、お上を誑《たぶら》かした罪の仕置、償いだとな……」

久蔵は笑った。

高輪の大木戸には旅人が行き交った。

この作品は「文春文庫」のために書き下ろされたものです。

文春文庫

飾《かざり》結《むす》び
新《しん》・秋山久蔵《あきやまきゅうぞう》御用控《ごようひかえ》（十九）

定価はカバーに表示してあります

2024年5月10日　第1刷

著　者　藤井邦夫《ふじいくにお》
発行者　大沼貴之
発行所　株式会社 文藝春秋

東京都千代田区紀尾井町 3-23　〒102-8008
ＴＥＬ　03・3265・1211㈹
文藝春秋ホームページ　http://www.bunshun.co.jp

落丁、乱丁本は、お手数ですが小社製作部宛お送り下さい。送料小社負担でお取替致します。

印刷製本・大日本印刷

Printed in Japan
ISBN978-4-16-792210-8